경성 방랑

[일러두기]

- 이 책에 실린 작품은 조선 지식인들이 1920~30년대 잡지에 발표한 글을 모아 재구성하였습니다.
- 이 책의 표기는 원문을 훼손하지 않는 범위 내에서 현대어로 번역, 해석하였습니다.
- 해석하기 힘든 단어는 원문 그대로 표기하였습니다.
- 표현상, 맥락상 중요한 근대 표기는 원문을 유지했습니다.
- 대화의 원문과 강조문은 그대로 「 」로 표기하였고, 책, 잡지, 신문 등은 ≪ ≫로 표기하였습니다.

경성 방랑

근대 지식인들의 경성 탐닉기

구선아 엮음

차례

Ⅱ. 근대적 감수성을 만든 공간과 장소

봉건사회가 무너지고 자본이 모든 것을 해결해 줄 것만 같던 그 시절. 서울은 욕망의 대상이자 동경의 도시이자 혼란과 방랑의 장소였다.

100여 년 전, 도시의 모습도 문화도 생활양식도 급변하는 때였다. 1899년 최초의 노면전차가 인천부터 노량진까지 도시를 횡단하며 사람들의 하루는 길어졌다. 전차를 구경하기 위해 상경했고, 전차를 타기 위해 양장 차림을 했다. 1912년 서울에는 택시가 등장했으며, 1920년대 중반에는 민간 자동차도 130여 대가 달렸다. 1922년 경성역이 건설되면서 도시 안과 밖을 자유로이 드나들었고, 세계 도시로의 여행도 시작되었다.

교회, 의원, 은행, 학교, 우체국 등 관공서와 공공시설을 시작으로 서울 곳곳엔 근대 건축물이 들어섰고, 양식과 일식이 섞인 주거시설도 많아졌다. 공원과 같은 장소에 일루미네이션이 설치되고, 벚꽃놀이가 흥행했고, 무용, 춤, 곡예 등 쇼가 열리는 유희를 위한 공공 공간이 되었다.

그리고 생활의 편리는 물론 쾌락적 소비를 위한 근대 소비 공간이 나타났다. 유리창 안으로 보이는 쇼윈도가 서울에 등장했으며, 신문과 잡지에는 비누, 샴푸, 조미료, 각종 약, 포마드, 양복, 축음기, 자동차 등을 판매하기 위한 근대 광고가 성행했다. 서점에는 양서와 일서가 가득했고, 인쇄와 출판, 판매를 모두 맡은 대형 출판사도 생겼다. 레코드판과 커피를 즐기고 여급이 있는 멕시코, 뽄 아미, 부라탄, 낙랑파라 등 수많은 카페와 미쓰꼬시, 화신, 하라다 등의 백화점 방문과 소비는 일상이 되었다. 백화점, 카페, 극장, 딴스홀 등은 매혹의 공간이 되어 도시의 욕망을 상징적으로 보여준다. 소비 공간은 곧 근대 도시민의 향락 공간이기도 했다. 전통적인 향락 공간은 자연과 거주 공간의 경계였지만 근대 도시가 되면서 소비를 통해 유희하는 공간이 탄생한 것이다.

도시를 바꾼 건 발명품, 공간과 장소뿐만이 아니다. 서울 거리엔 양복을 입고 코트에 중절모를 쓰고 맥주와 커피를 즐겨 먹는 모던보이와 하얀 다리를 드러내고 단발을 한 모던걸이 등장했다. 자유연애가 성행했고, 연애편지 예문집이 만들어져 팔렸으며, 판매를 위해 광고도 실었다. 또한 이미 중국과 일본, 미국에서 교육을 받고 온 유학생과 인텔리, 룸펜이라 불리는 가난한 지식인은 클래식과 세계문학, 철학 서적 등을 소비했다. 이전 시대에는 상상하기 힘들었던 노동 하고 소비하는 여성이 도시를 활보했으며, 기생, 여배우, 여급, 상점원, 기자 등 직업여성은 물론 부인, 여학생 등도 개화하면서 신여성으로 살기를 원했다.

1920년에서 1930년대는 양면적인 시대였다. 식민 통치 아래 나라를 잃은 우울과 신식 문물에 대해 경이로움이 공존했다. 도시적 낭만과 일자리를 찾아 서울로 몰려온 사람들은 전근대적 인간을 벗어나 세련된 도시민이 되고 싶었지만 쉽지 않았다. 도시의 물질적 화려함과 에로틱한 정취, 대중적 감수성과 함께 아픔과 상처, 가난이 함께 있던 때다. 신분제도는 사라지고 누구나 물질적 풍요를 자유롭게 욕망하고 꿈꿀 수 있던 때라지만, 방랑할 수밖에 없던 시절이다.

이렇게 서울은 정치, 경제, 사회, 문화가 구조적으로 변하였고 성찰적 시간을 가지지 못한 채 가치관도 따라 변하였다. 위로부터의 강제적인 근대화였기 때문에 편리한 생활과 낭만으로만 말할 수 없다. 근대 도시에서의 변화한 근대적 삶은 숙명적이었다. 더군다나 이 역시도 일부 계층에게 허락된 삶이었다. 그 혼란과 방랑 사이에서 근대 문필가, 예술가는 시절의 이야기를 글로 남겼다. 《동아일보》, 《매일신보》, 《조선중앙일보》 등의 신문과 《신동아》, 《삼천리》, 《별건곤》, 《개벽》 등 여러 잡지가 간행되어 성행하면서 서울은 물론 세계 도시 소식과 정보를 실었고 소설, 수필, 시 등 문학적 기록을 통해 서울을 남겼다.

『경성 방랑』은 소설가, 시인, 기자, 화가 등 방랑의 시대 서울을 살며 보고 경험하고 느낀 것을 모았다. 근대 도시 서울의 모습과 도시민의 삶을 통해 소비와 가치관의 변화, 새로운 계급 · 계층의 등장, 유행과 대중문화, 근대성과 현대성의 시작 등을 살펴볼 수 있다. 나는 이들의 이야기를 통해 지금의 서울을 다시 바라보았다. 지금의 서울은 혼란과 방랑이 사라진 도시인가. 매일 급변하는 도시 서울은 그 시절이나 지금이나 여전히 혼란과 방랑의 도시다. 서울은 성장 기계와 같고, 나약한 도시민은 자본에 휘둘린다. 헛된 욕망과 꿈을 좇는 가상의 도시 모습도 아직 존재한다. 다만 그 시절과 지금의 서울이 다른 건 주체적이고 능동적인 현대의 도시민이 등장했다는 것.

나는 도시를 좋아한다. 그중에 서울을 가장 좋아한다. 혼란과 방랑 속에서도 겹겹이 쌓인 이야기가 숨어있는 서울이다. 이젠 서울이 혼란하고 방랑하지만은 않길 바란다. 휩쓸리며 달려가는 것이 아닌 경쾌하고 다정한 도시, 구별 짓는 소비가 아닌 자신을 위해 신념 있는 소비를 하는 도시가 되기를. 그리고 현대 도시민에게 진실한 삶을 사는 공간이자 장소가 되어 주기를.

구선아

Ⅰ,

근대 지식인들의 경성 방랑기

어수선하고 불안한 세상 안에서 서구 문화와 자본주의는 더 빠르고 깊게 도시에 들어왔다. 모던, 카페, 쇼윈도, 웨이트리스, 에레베타, 뻐스 등 낯선 단어가 도시에 생겨났고, 모던 보이, 모던 걸, 인텔리, 룸펜, 여급, 여배우 등 다양한 계층이 생겨났다. 근대 교육을 받고 주체적인 삶을 살려 한 시인, 소설가, 언론인, 연극인 등은 근대적 삶과 도시를 숙명으로 받아들였다. 이번 장은 지식인들이 살아간 혹은 살아낸 서울과 서울 근교를 다룬 글을 모았다. 역사적 사실을 기록하기 위해 쓴 글이 아니라 그 시절의 오늘을 살며 쓴 글이다. 이 글들을 통해 서울의 변화하는 모습과 삶 그리고 그 시절을 살아간 사람들을 엿볼 수 있을 것이다.

백석

마포

백석

1912.7.1~1996.1.7

시인, 번역가

본명 백기행(白夔行). 1930년 「그 모(母)와 아들」이라는 단편소설이 《조선일보》 신춘문예에 당선되었고, 1935년 시 「정주성」을 《조선일보》에 발표했다. 1936년 자비로 시집 《사슴》을 소량 100부 간행했다. 시인 윤동주는 《사슴》을 구하지 못해 도서관에서 시집을 필사하여 항상 가지고 다녔다. 백석은 모더니즘 시인으로 불리나 고향 평안 지역 방언을 사용한 토속적이고 향토적인 시가 많다. 또한 영어, 독일어, 러시아어에 능통했고, 특히 러시아 문학을 꾸준히 번역했으며, 영국 작가 토마스 하디의 《테스》를 번역하여 국내에 최초로 소개했다. 그러나 1996년 사망하기까지 30여 년간의 기록이 없다.

마포

모래사장은 물새가 없이 너무 너르고 그 건너 포플러 나무의 행렬은 이 개포의 돛대들보다 더 위엄이 있다. 오래 머물지 못하는 돛대들이 쫓겨 달아나듯이 하구를 미끄러져 도망해 버린다. 나무 없는 건넛산들은 키가 돛대보다 낮다. 피부 빛은 사공들의 잔등보다 붉다. 물속에 들어간 닻이 얼마나 오래 있나 보자고 산들은 물 위를 바라보고들 있는 듯하다.

개포에는 낮닭이 운다. 기슭 핥는 물결 소리가 닭의 소리보다 낮게 들린다. 저 아래 철교 아래 사는 모터보트가 돈 많은 집 서방님같이 은회색 양복을 잡숫고 호기 뻗친 노라리 걸음으로 내려오곤 한다. 빈 매생이가 발길에 채이고 못나게 출렁거리며 운다.

커다란 금휘장의 모자를 쓴 운전수들이 빈손 들고 내려서는 동둑을 넘어서 무엇을 찾는 듯이 구차한 거리로 들어간다. 구멍나간 고의를 입은 사공들을 돌아다보지 않는 것이 그들의 예의이다. 모두 머리를 모으고 몸을 비비대고 들어선 배들 앞에는 언제나 운송점의 벌건 트럭 한 대가 놓여 있다. 때때로 퐁퐁퐁퐁 거리는 것은 아마 시골 손들에게 서울의 연설을 하는지 모른다.

여의도에 비행기가 뜨는 날, 먼 시골 고장의 배가 들어서는 때가 있다. 돛대 꼭대기의 팔랑개비를 바라보던 버릇으로 뱃사람들은 비행기를 쳐다본다. 그리고 돛대의 흰 깃발이 말하듯이 그렇게 하늘이 무서운 것이 아니라고 생각한다. 이럴 때에 영등포를 떠나오는 기차가 한강철교를 건넌다. 시골 운송점과 정미소에 내는 신년괘력(新年掛曆)의 그림이 정말이 되는 때다.

「마포는 참 좋은 곳이여!」

뱃사람의 하나는 반드시 이렇게 감탄한다.

흰 수염 난 늙은이가 매생이에서 낚대를 드리우지 않는 날을 누가 보았나? 요단강의 영지가 물 위에 차 있을 듯한 곳이다. 강상(江上)에 흐늑이는 나룻배를 보면 「비파행(琵琶行)」의 애끓는 노래가 들리지 않나 할 곳이다.

뗏목이 먼저 강을 내려와서 강을 올라오는 배를 맞는 일이 많다. 배가 떠난 뒤에도 얼마를 지나서야 뗏목이 풀린다. 뗏목이 낯익은 배들을 보내고 나는 때에 개포의 작은 계집아이들이 빨래를 가지고 나와서 그 잔등에 올라앉는다. 기름 바른 머리, 분칠한 얼굴이 여기가 어딘가 하고 묻고 싶어 할 것이 뗏목의 마음인지 모른다.

뱃지붕을 타고 먼산바라기를 하는 사람들은 저 산, 그 너머 산, 그 뒤로 보이는 하얀 산만 넘으면 고향이 보인다고들 생각한다. 서울 가면 아무 데나 산이 보인다고 마을에서 말하고 떠나온 그들이 서울의 개포에 있는 탓이다.

배들은 낯선 개포에서 본(本)과 성명을 말하기를 싫어한다. 그들은 머리에다 커다랗게 붉은 글자로 백천(白川), 해부(海州), 아산(牙山)…… 이렇게 버젓한 본을 담고 금파환(金波丸), 대양환(大洋丸), 순풍환(順風丸), 이렇게 아름답고 길상한 이름을 써 붙였다. 그들은 이 개포의 맑은 하늘 아래 뿔 사납게 서서 흰 구름과 눈 빨기를 하는 전기공장의 시꺼먼 굴뚝이 미워서 이 강에 정을 못 들이겠다고 말없이 가버린다. 1935

윤동주

봄을 쏘다

윤동주

1917.12.30~1945.2.16

시인

집안의 반대에도 불구하고 연희전문학교 문과에 입학하여 다녔다. 윤동주의 아름다운 시는 대부분 이 시기에 쓰였다. 이후 1942년 도쿄에 있는 릿쿄대학 영문과에 입학했다가 같은 해 도시샤대학 영문과로 옮겼다. 학업 도중 귀향을 준비하던 때에 송몽규와 함께 항일운동을 했다는 혐의로 일본 경찰에 체포되었다. 후쿠오카 형무소에서 복역하던 중, 건강이 악화하여 1945년 2월 생을 마쳤다. 시집《하늘과 바람과 별과 시》는 그가 사망한 후 1946년 기자 강처중, 학자 정병욱 등이 윤동주의 자필본을 기초로 출간했다. 한국인이 가장 사랑하는 시인 중 한 명이다.

화원에 꽃이 핀다

개나리, 진달래, 앉은뱅이, 라일락, 민들레, 찔레, 복사, 들장미, 해당화, 모라, 릴리, 창포, 튤립, 카네이션, 봉선화, 백일홍, 채송화, 달리아, 해바라기, 코스모스-코스모스가 홀홀히 떨어지는 날 우주의 마지막은 아닙니다.

여기에 푸른 하늘이 높아지고 빨간 노란 단풍이 꽃에 못지 않게 가지마다 물들었다가 귀뚜라미 울음이 끊어짐과 함께 단풍의 세계가 무너지고 그 위에 하룻밤 사이에 소복이 흰 눈이 내려 쌓이고 화로에는 빨간 숯불이 피어오르고 많은 이야기와 많은 일이 이 화롯가에서 이루어집니다.

독자제현! 여러분은 이 글이 쓰이는 때를 독특한 계절로 짐작해서는 아니 됩니다. 아니 봄, 여름, 가을, 겨울, 어느 철로나 상정하여도 무방합니다.

사실 1년 내내 봄일 수는 없습니다. 하나 이 화원에는 사철 내 봄이 청춘들과 함께 싱싱하게 등대하여 있다고 과분한 자기선전일까요. 하나의 꽃밭이 이루어지도록 손쉽게 되는 것이 아니라 고생과 노력이 있어야 하는 것입니다.

딴은 얼마의 단어를 모아 이 졸문을 끄적거리는 데도 내 머리는 그렇게 명철한 것은 못됩니다. 한 해 동안을 내 두

뇌로써가 아니라 몸으로써 일일이 헤아려 세포 사이마다 간직해 두어서야 몇 줄의 글이 이루어집니다. 그리하여 나에게 있어 글을 쓴다는 것이 그리 즐거운 일일 수는 없습니다.

봄바람의 고미에 찌들고 녹음의 권태에 시들고, 가을 하늘 감상에 울고, 노변의 사색에 졸다가 이 몇 줄의 글과 나의 화원과 함께 나의 1년은 이루어집니다. 시간을 먹는다는 (이 말의 의의와 이 말의 묘미는 칠판 앞에 서 보신 분과 칠판 밑에 앉아 보신 분은 누구나 아실 것입니다) 것은 확실히 즐거운 일임에 틀림없습니다.

하루를 휴강한다는 것보다(하긴 슬그머니 까먹어 버리면 그만이지만) 다 못한 시간, 숙제를 못 해 왔다든가 따분하고 졸리고 한 때, 한 시간의 휴강은 진실로 살로 가는 것이어서, 만일 교수가 불편하여서 못 나오셨다고 하더라도 미처 우리들의 예의를 갖출 사이가 없는 것입니다. 그러나 이것을 우리들의 망발과 시간의 낭비라고 속단하여선 아니 됩니다.

여기에 화원이 있습니다. 노트 장을 적시는 것보다 한우충동(汗牛充棟)에 묻혀 글줄과 씨름하는 것보다 더 정확한

진리를 탐구할 수 있을는지, 보다 더 많은 지식을 획득할 수 있을는지, 보다 더 효과적인 성과가 있을지를 누가 부인하겠습니까. 나는 이 귀한 시간을 슬그머니 동무들을 떠나서 단 혼자 화원을 거닐 수 있습니다. 단 혼자 꽃들과 풀들과 이야기할 수 있다는 것이 얼마나 다행한 일이겠습니까. 참말 나는 온정으로 이들을 대할 수 있고 그들은 나를 웃음으로 맞아 줍니다. 그 웃음을 눈물로 대한다는 것은 나의 감상일까요. 고독 정숙도 확실히 아름다운 것임에 틀림이 없으나, 여기에도 또 서로 마음을 주는 동무가 있는 것도 다행한 일이 아닐 수 없습니다.

우리 화원 속에 모인 동무들 중에, 집에 학비를 청구하는 편지를 쓰는 날 저녁이면 생각하고 생각하던 끝 겨우 몇 줄 써 보낸다는 A군, 기뻐해야 할 서류(통칭 월급봉투)를 받아든 손이 떨린다는 B군, 사랑을 위하여서는 밥맛을 잃고 잠을 잊어버린다는 C군, 사상적 당착에 자살을 기약한다는 D군. 나는 이 여러 동무들의 갸륵한 심정을 내 것인 것처럼 이해할 수 있습니다. 서로 너그러운 마음으로 대할 수 있습니다. 나는 세계관, 인생관, 이런 큰 문제보다 바람과 햇빛과 나무와 우정, 이런 것들에 더 많이 괴로워해 왔는지도 모르겠습니다. 단지 이 말이 나의 역설이나 나 자신을 흐리우는 데 지날 뿐일까요. 일반은 현대 하생도덕이 부패했다고 말합니다. 스승을 섬길 줄을 모른다고들 합니다. 옳은 말씀들입니다. 부끄러울 따름입니다. 하나 이 결함을 괴로워하는 우리들 어깨에 지워 광야로 내쫓아 버려야 하나요. 우리들의 아픈 데를 알아주는 스승, 우리들의 생채기를 어루만져 주는 따뜻한 세계가 있다면 박탈된 도덕일지언정 기울여 스승을 진심으로 존경하겠습니다.

온정의 거리에서 원수를 만나면 손목을 붙잡고 목 놓아 울겠습니다. 세상은 해를 거듭 포성에 떠들썩하건만 극히 조용한 가운데 우리들 동산에서 서로 융합할 수 있고 이해할 수 있고 종전의 X가 있는 것은 시세의 역효과일까요.

봄이 가고, 여름이 가고, 코스모스가 홀홀히 떨어지는 날 우주의 마지막은 아닙니다. 단풍의 세계가 있고 – 리상이견빙지(履霜而堅氷至)–서리를 밟거든 얼음이 굳어질 것을 각오하라가 아니라, 우리는 서릿발에 끼친 낙엽을 밟으면서 멀리 봄이 올 것을 믿습니다. 노변에서 많은 일이 이뤄질 것입니다. 1948

달을 쏘다

번거롭던 사위가 잠잠해지고 시계 소리가 또렷하나 보니 밤은 저억이 깊을 대로 깊은 모양이다. 보던 책자를 책상 머리에 밀어놓고 잠자리를 수습한 다음 잠옷을 걸치는 것이다.

「딱」

스위치 소리와 함께 전등을 끄고 창 녘의 침대에 드러누우니 이때까지 밖은 휘양 찬 달밤이었던 것을 감각치 못하였었다. 이것도 밝은 전등의 혜택이었을까. 나의 누추한 방이 달빛에 잠겨 아름다운 그림이 된다는 것보다 오히려 슬픈 선창이 되는 것이다. 창살이 이마로부터 콧마루, 입술, 이렇게 하얀 가슴에 여민 손등에까지 어른거려 나의 마음을 절이는 것이다.

옆에 누운 분의 숨소리에 방은 무시무시해진다. 아이처럼 황황해지는 가슴에 눈을 치떠서 밖을 내다보니 가을 하늘은 역시 맑고 우거진 송림은 한 폭의 묵화다. 달빛은 솔가지에 쏟아져 바람인 양 솨- 소리가 날 듯하다. 들리는 것은 시계 소리와 숨소리와 귀뚜라미 울음뿐 벅적대던 기숙사도 절간보다 더 한층 고요한 것이 아니냐?

나는 깊은 사념에 잠기우기 한창이다. 딴은 사랑스런 아가씨를 사유할 수 있는 아름다운 상황도 좋고, 어릴 적 미련을 두고 온 고향에의 향수도 좋거니와 그보다 손쉽게 표현 못 할 심각한 그 무엇이 있다. 바다를 건너온 H군의 편지 사연을 곰곰 생각할수록 사람과 사람 사이의 감정이란 미묘한 것이다. 감상적인 그에게도 필연코 가을은 왔나 보다. 편지는 너무나 지나치지 않았던가, 그중 한 토막, 군아, 나는 지금 울며 울며 이 글을 쓴다.
이 밤도 달이 뜨고, 바람이 불고, 인간인 까닭에 가을이란 흙냄새도 안다. 정의 눈물, 따뜻한 예술학도였던 정의 눈물도 이 밤이 마지막이다. 또 마지막 켠으로 이런 구절이 있다.
'당신은 나를 영원히 쫓아 버리는 것이 정직할 것이오.'
나는 이 글의 뉘앙스를 해득할 수 있다. 그러나 사실 나는 그에게 아픈 소리 한마디 한 일이 없고 서러운 글 한쪽 보낸 일이 없지 아니한가. 생각건대 이 죄는 다만 가을에게 지워 보낼 수밖에 없다. 홍안서생으로 이런 단안을 내리는 것은 외람한 일이나 동무란 한낱 괴로운 존재요, 우정이란 진정 위태로운 잔에 떠 놓은 물이다. 이 말에 반대할 자 누구랴.

그러나 자기 하나 얻기 힘들다 하거늘 알뜰한 동무 하나 잃어버린다는 것이 살을 베어내는 아픔이다. 나는 나를 정원에서 발견하고 창을 넘어 나왔다든가 방문을 열고 나왔다든가 왜 나왔느냐 하는 어리석은 생각에 두뇌를 괴롭게 할 필요는 없는 것이다. 다만 귀뚜라미 울음에도 수줍어지는 코스모스 앞에 그윽이 서서 닥터 빼링스의 동상 그림자처럼 슬퍼지면 그만이다. 나는 이 마음을 아무에게나 전가시킬 심보는 없다. 옷깃은 민감이어서 달빛에도 싸늘히 추워지고 가을 이슬이란 선득선득하여서 서러운 사나이의 눈물인 것이다. 발걸음은 몸뚱이를 옮겨 못가에 세워 줄 때 못 속에도 역시 가을이 있고, 삼경이 있고, 나무가 있고, 달이 있다. 그 찰나, 가을이 원망스럽고 달이 미워진다.

더듬어 돌을 찾아 달을 향하여 죽어라고 팔매질을 하였다. 통쾌! 달은 산산이 부서지고 말았다. 그러나 놀랐던 물결이 잦아들 때 오래잖아 달은 도로 살아난 것이 아니냐. 문득 하늘을 쳐다보니 얄미운 달은 머리 위에서 빈정대는 것을.

나는 꼿꼿한 나뭇가지를 고나 띠를 째서 줄을 메워 훌륭한

활을 만들었다. 그리고 좀 탄탄한 갈대로 화살을 삼아 무사의 마음을 먹고 달을 쏘다. 1938 투고, 1939 발표

박팔양

모-던뽀이 촌감,
모-던껄·모-던뽀-이

박팔양

1905.8.02~1988.10.4

시인, 평론가, 기자

1923년 《동아일보》 신춘문예를 통해 「신의 주(神의 酒)」로 등단했다. 시인 정지용과 함께 《요람》 동인으로 활동했고, 이후 1926년 카프(KAPF, Korea Artista Proleta Federatio)와 1934년 구인회에 참여했다. 초기에는 서정적인 시를 쓴 반면에 구인회 활동을 하며 「1929년의 어느 도시의 풍경」 등 근대 도시 풍경과 도시의 병리적 현상에 관심을 가졌다. 여수(麗水), 여수산인(麗水山人), 김니콜라이로도 글을 쓰고 활동했다.

모-던뽀이와 모-던걸

세상에는 모-던뽀이(Modern boy)라는 이름으로 지칭되는 청년의 일군이 있다. 그들은 가장 근대색채가 농후해서 그들의 의복 언어 동작은 물론이요, 그들의 사고방식까지도 근대화하지 못한 사람들의 그것과는 몹시 거리가 멀다. 그러므로 그들의 생활은 근대화하지 못한 사람들의 그것에 비하야 자연히 별개의 세계에 전개하게 된다. 청신한 감각의 세계, 찰나적이요, 기분적인 도취의 세계가 언제든지 그들의 눈앞에 방황한다. 그들은 실로 '아름다운 근대의 무지개'다.

그런데 일부 사회에서는 그들을 보고 무엇이라 하는가. 『경박지배(輕薄之輩)』라는 이름으로 비난을 하지 않는가. 비난 그것은 하는 사람의 자유일는지 모른다. 그러나 우리는 'Modern boy'라는 그들을 비난하고 이단자시 할 아무 이유를 발견하지 못하는 사람 중의 하나이다. 어찌해서 청신한 감각의 세계를 이단자의 세계로 보느냐.

근대생활을 하는 사람에게서 감각의 위안을 빼앗는다면 그것은 너무나 가혹한 형벌이 아닌가. 물론 모-던뽀이의 일체의 것을 부르주아적 생활의 산물이라고도 볼 수 있겠지. 하지만 무산계급에게서 술과 담배의 위안을 빼앗는다는 것이 가혹한 일일 것 같으면 근대 도회 생활에 부대끼는 피로한 신경의 소유자들에게서 유일의 위안인 근대식 생활의 일절의 것을 박탈하는 것도 확실히 가혹한 일일 것이다. 1927

내가 자랑하고 싶은 조선 것

우리 조선이 가진 것으로서 세계적으로 자랑할 만한 것이 무엇인가?

이러한 문제가 제시될 때에 우리는 그 해답의 어려움을 느끼지 않을 수 없다. 모든 점에 있어서 남에게 뒤떨어진 우리들의 오늘날, 우리가 세계적으로 자랑할 무엇을 가졌는가?

「아무것도 없다.」

하는 것이 오히려 솔직한 고백일는지 모른다.

그러나 그것은 너무 섭섭한 일이다. 우리는 우리의 자존심(이것은 결코 나쁜 의미의 자존심이 아니다)을 위하여서라도 우리의 자랑거리, 우리의 타고난 재질을 애쓰고 힘드리고서라도 발견하여야 할 필요가 있다. 내가 이 문제에 대한 해답에 붓을 든 것은 이 필요 이외에 아무 의미도 없다.

글 쓰는 일에 종사하는 우리로서는 우리들이 가진 '글'을 자랑하고 싶다. 언문(諺文)이란 이름 아래 갖은 학대를 받아 오든 우리들의 글! 이것이야말로 조선이 창조한 유일의 특색 있는 문자다. 훈민정음의 창안, 발포는 비단 세종대

왕의 일대의 업적이었을 뿐 아니라 진실로 조선 사람 전체의 이름으로서 가져야 할 영예일 것이다.

우리는 우리의 글을 '한글'이라고 부르자. 그것이 세계 언어학상에 있어서도 중요한 지위에 있음을 우리는 학자들의 입으로부터 들어 알고 있다. 이러한 한글을 창조한 조선 사람의 총명을 우리는 자랑한다. 그러나 무능한 자손만이 선조의 업적을 자랑함으로써만 일을 삼는 법이니 우리는 이 한글을 자랑함으로써부터 한 걸음 더 나아가 세계적으로 자랑할 우리들의 문학, 더 넓은 문화를 건설하기에 부단히 노력하여야 할 것이다. 1928

박노아

카페의 정조,
서울맛·서울정조

박노아

연극인, 작가

필명은 조천석(朝天石). 1944년 유치진의 현대극장에서 《셔어멘호》를 공연에 올리며 연극계에 등장했다. 1945년 연극경연대회에 친일 색이 있는 《개화촌(開化村)》을 출품했고, 광복 이후 《무지개》, 《선구자》, 《3·1운동과 만주영감》, 《녹두장군》, 《사명당》, 《애정의 세계》를 발표하고 잡지, 신문 등 기고 활동도 활발히 했다. 한국 전쟁 중 행방불명되었다.

카페의 정조, 서울맛·서울정조

더웁다. 몹시 더웁다. 병 아가리 속에 들어앉은 것만치나 갑갑하고 숨이 막힌다. 이래서야 견딜 수가 없으니 어디 시원하고도 산뜻한 곳을 찾아 나서자!

밀봉을 따라 산을 넘어 꿀맛을 볼까. 날개 부러진 호접을 조차 지나간 봄 향기나 맡을까. 잠든 초로를 흔들며 반딧불을 찾을까. 신록이 여적 한 숲속에 요요히 들리는 꾀꼬리의 울음소리인들 어떠며 노수(老樹)의 일만 가지를 폭포수같이 우렁차게 흔들어 놓는 매미 소린들 작키나 좋으다만은 그렇듯이 유한한 청량미를 어찌 도회의 한복판에서 구하랴! 더구나 그런 건 너무나 단조하고도 유장하며 비현실적이요, 낮잠과 같은 권태이며 채색이 없는 자연의 무자극한 일소경이 아니냐고 시를 읊으나 시인이 아니요, 그림을 그리나 화가는 아닌 모-던 청춘남녀들의 속객 아닌 속객들은 서슬이 푸르게 반박할 것이 무섭다. 에라! 내 또한 청춘인지라 그들의 구미를 맞추어 노정을 고치고 두 눈을 계(蟹)눈처럼 세워서 두루두루 원근을 살펴보기로 하자.

훤화난조(喧譁亂調) 한가운데도 거미줄 같은 통일과 정

적이 숨 쉬고 있으며 파도가 모래 언덕을 밀치듯 뺨을 찰싹 얻어맞은 듯한 현실미가 있으면서도 꿈보다 부드러운 「윈나」의 밤과 같이 가벼운 우울이 숨어 있고 살이 미소하며 엉덩이가 춤추는 가운데 날카로운 육감이 눈이 돌게 뛰놀면서도 애써 점잔을 뺀 눈알들이 고기 눈깔처럼 상대자를 주시하며 총알같이 외적을 경계하여 맛보는 야릇한 피로, 귀가 멍멍한 음향, 농후한 색채, 환각적 말초신경의 기괴한 발동, 이러한 모든 새로운 조건을 구비한 현대적 또는 푸로페라적 고속도의 강렬한 자극을 찾는다면 또한 없지도 않을 것이다. 도회는 청춘의 놀이터란다. 여름이라고 덥다고 어찌 그곳에 이러한 현대적 향락이 없으며 량미만곡(凉味萬斛)의 옥루금잔이 없으랴.

온종일 화륜을 달리며 「이놈들! 견디어 보아라.」는 듯이 금방 타 죽일 듯한 화시를 천개 만개 내리 쏘고 심술 사나운 칠월의 태양이 득승이나 한 듯이 유유히 월궁을 찾아 서편 하늘가에 사라지면 더위의 도탄에 빠졌던 서울은 천만 군의 원병이나 얻은 듯이 갑자기 활기를 띤다. 기다린지 오래다는 듯이 솔솔 불어 땀 젖은 품 안을 찾아드는 서늘한 석양 바람, 점점이 반짝거리는 전등불, 달빛에 유난히 푸른 밤하늘 별자리 속에서 밤 서울의 행진곡은 그 첫 종을 울리는 것이다.

전등이 난무하는 서울의 밤거리에는 요정 같은 유혹의 미소가 지상의 성운같이 몰려 흐르며 흔들거리는데 사람들은 조수와 같이 밀려든다. 얼음집에 숨는 사람, 실과전 앞에 서는 사람, 야시로 미끄러지며 으슥한 골목으로 사라지는 사람, 화신상회로 밀려 들어가는 아낙네며 선술집으로 쑥 들어서는 술친구들, 이렇게 각각 향방이 다르게 흔들리지만 그중에서 말쑥하게 차린 양복 청년들이나 중년 신사들의 발끝은 옛날 신라 때 주인을 태우고 기항을 향하여 익숙한 길을 꾸벅거리고 갔다가 대가리까지 날아간 소년 김유신의 말 모양으로 무의식중에 카페촌으로 몰려가는 것이다. 무교정(武橋町), 다옥정(茶屋町), 명치정(明治町), 황금정(黃金町), 영락정(永樂町), 카페 카페 카페….

그렇다! 카페가 있다. 카페야말로 현대인의 변태적 기호성을 보다 잘 이해하며 양금채같이 그네들의 성급한 요구에 수응하며 모든 향락을 준비하는 곳이다. 이제 그 행복의 전당 같은 카페의 안을 한번 들어가 살펴보자.

모던보이들이 현대적 향락의 상대 여성을 구하느냐? 여기는 모-던을 꾸미고 현숙을 분장한 묘령의 꽃 같은 처녀들이 웨이트리스란 서양 궁전의 시녀 이름 같은 직명을 가지고 그 일노일소에도 실없는 사나이의 생명을 좌우할 매서운 기능을 살짝 백설같이 흰 에이프런 뒤에다 감추고 기다리지 않느냐! 둥둥둥! 피아노가 울려 분분히 떨어지는 꽃 속에서 눈물 흘리며 팔득팔득 춤추는 범나비의 노래 소리 같이 연연한 「유모레스크」의 멜로디가 흘러나오는 가운데 대리석 테이블과 테이블 사이를 상양하게 돌아다니는 그들의 걸음 거리는 또한 얼마나 무용적이며 선정적이랴?! 레코-드에서 흐르는 「챠레스톤」의 난무 곡에 맞추어 또한 부드러운 어깨와 엉덩이가 외설적으로 흔들거릴 때 주기를 띄우고 빙그레하는 사나이들의 황홀한 색정은 담배 연기를 타고 온 방 안을 원귀와 같이 헤맨다. 테이블 밑에서 불안한 밀회소를 만들어 번개같이 주고받는 선물 짜릿한 악수, 꽃봉오리가 터지는 듯이 빵긋하는 눈, 회의의 미소. 그 섭성의 비밀을 누가 알랴! 저 차에 앉은 빈대머리 중늙은이가 대담히 넘겨보고 껄죽 껄죽 웃고 있으니 그에게나 물어볼까.

밤이 깊어갈수록 이 구석 저 구석에서 수군거리는 잡성은 높아가고 웨이트리스 계집아이들의 다리는 귀엽게도 비틀거리기 시작한다. 저기 대학생의 일당이 큰 테이블을 차지하고 진 치고 있다. 청춘과 사랑을 축복하는 술잔이 몇 번이나 높이 올라가 부딪친다.

오- 나의 어여쁜 천사여!
오늘 밤만은 내 침실로 날아오라
내일 아침 무덤가 돌베개를 껴안더라도
내 팔에 남은 그대의 연한 무게(重)가
얼마나 아름다운 꿈이랴 꿈이랴!!

「우앗! 하하하 호호호 자 어때!?」
머리에 공작 털 꽂은 웨이트리스의 몸이 슬그머니 그 학생에게로 실린다.
없는 기교를 다한 오색의 전등이 익숙한 얼굴로 구석구석 위험한 취객을 상대하여 꿈꾸는 듯이 앉아 있는 술 마신 계집애들을 지키고 있다. 선풍기 바람에 날리는 향수와 연기의 키스, 방안은 연녹색 불빛에 푸르다. 달빛에 조르는 장미와 같다고는 어떤 모던보이의 찬탄인가? 그러나 방안은 묘지와 같이 이상하게도 적적하고 심울하지 않는가! 테이블 위에 쌓이는 병과 대접의 시체! 영서 표를 허리에다 두른 번지르르한 양주병이 새로운 미각을 엿보고 있다.

「부란데-를 가져오너라.」

「벨멋트를 따라라.」

그러나 그 박꽃만치 적은 유리잔에는 40전짜리 파문이 웃고 있다. 폐부를 찌르는 듯 고함치는 계집들의 인사 소리를 따라 연방 가라 들고 나는 객의 물결! 실업가가 있다. 점원이 있다. 학생, 중학교 선생, 기자, 모던보이, 부랑자…. 그들은 저마다 대리석 테이블 위에 사벽에 붙은 체경 속에 계집애들의 반기는 눈에 문에 천정에 자기의 흔적을 남기였다. 그러나 아무런 흔적도 남기지 못하고 만족한 듯이 더러는 택시로 더러는 비틀거리는 걸음으로 잠자는 밤거리에 흩어진다.

그러면 카페의 정조는 어디 있는가? 웨이트리스들의 색채 찬란한 의복의 곡선에 있는가. 새벽 2시까지 테이블을 끼고 속삭이는 물거품 같은 사람에 있나. 테이블마다 기분이 다르면서도 은연중 방 전체의 둔탁한 공기 속에 녹아드는 사진 같은 통일에 있느냐. 그렇지 않으면 둘러싸는 7, 8명

웨이트리스들의 정다운 전송을 빗발같이 받으며 귀공자와 같이 자동차에 몸을 싣고 흔들거리는 데 있느냐.
그러나 그렇지도 않다. 카페의 정조는 카페가 가진 게 아니요, 카페에 모아드는 객들의 기분과 정서에 있는 것이다. 카페는 오직 그 지배를 받을 뿐이며 그 정서를 조화하며 기분을 융화하는 매개소 밖에는 더 되지 못한다. 그러므로 학생 촌에 있는 카페에는 학생 기분이 떠돌고 신사촌에는 신사풍이 있으며 삼각정(수표정 부근)에 새로 생긴 카페(구 은갈보 우동집)에서는 싸움하지 않고 술을 먹지 못한다. 그러면 카페에 모여드는 여러 사람들의 기분과 정서 감정들이 카페의 모든 설비에 힘을 얻고 날개가 돋아 자유롭게 흘러나와 다시 연기와 같이 푸른 안개와 같이, 융합된 것이 카페의 정조라고나 할까?
사랑하는 모던보이들이여! 부질없이 카페의 고묘한 설비에 지배를 받으며 어여쁘게 가장한 웨이트리스들의 환심을 살려고 10전 20전이면 족할 팁을 1, 2원씩이나 풍풍 내던지며 3경 4경까지 기형적 심리에 눌려 테이블만 지키고 앉아서 아까운 시간과 돈과 정력을 낭비하지만 말고 혹시 사업에 실패하거나 큰 뜻을 이루지 못해 마음이 울적하며 장자에서 비참의 불길이 치밀 때가 있거든 기10전 호주머니에 넣어 가지고 점잖은 선술집을 찾아 가보라.
잔치 집 모양으로 서서 옥신옥신하는 사람들 틈에 끼여서 약주 잔을 거듭하는 가운데 의외로 그대들의 동지를 찾고 친구를 만나며 지도자를 얻을 때가 있을 것이다. 그래도 시원치가 않거든 잔을 던지고 일어나서 카페의 문을 두들겨 그 천하를 호령할 만치 쾌활하고 발랄한 청춘의 기분으로 카페를 뒤흔들어 보라! 그곳에 카페의 정조는 뛰논다!

1929

이효석

도시의 일면

이효석

1907.2.23~1942.5.25

소설가

1928년 《조선지광》에 카프 사상과 일치하는 단편 소설 「도시와 유령」을 발표하였으나, 이후 구인회 활동을 하면서 토속적인 작품 「돈(豚)」, 「수탉」과 자연 색채가 짙은 「산」, 「들」 등을 썼다. 향토적인 작품이 많지만, 서양 영화와 커피를 즐기고 자기 주체적인 문명의 삶을 동경했다. 대표 작품으로는 심미주의적인 「메밀꽃 필 무렵」이 있으며, 100편에 가까운 장편, 단편 소설을 썼다.

서점에 비친 도시의 일면상

공황! 불경기! 원래 믿을 것 못 되는 것은 인심이지만 황금궁핍에 의리의 심조조차 잊어버리는 등 가지가지의 경박한 인심을 빚어내는 요사이니 불경기의 심도가 아마 지나쳐 심한가 보다. 이 병적 세태의 과정의 이면에 잠겨 꾸준히 힘 기르며 고요히 맥치고 있는 시꺼먼 일군이 있으니 이것이 장차 밝은 약(略)을 운전하여 올 숨은 동맥일 것이다.

그들은 어두운 뒷골목에서 좁은 방에서 얕은 책상에서 은은히 움직이고 붉은 열정도 다하며 방대한 힘을 길러 가는 것이니 이 힘의 성장은 거리의 구석에, 가두에, 서점에, 도시의 각처에 현현되어 스스로 도시의 일면상을 구성하고 있다. 이제 잠시 한 서점에 나타난 이 힘의 성장을 살펴 써 서울 프로필의 일단을 엿보자.

계림당 서점은 아마 서울이 가진 유일한 좌익서적 전문 서점일 것이다. 규모는 작으나 경영하는 분이 색다른 이여서 이채 있는 서점이다. 주인을 여러 해 동안 홀로 이것을 운영하여 가는 김 씨의 여러 수난에는 또한 눈물겨운 이야기가 스스로 많으련만 족외한인 나로서는 다만 사창에 어지러운 고객의 그림자를 살펴볼 뿐이다.

하루 동안 서점에서 발견하는 놀라운 사실은 고객의 종류인데 대부분은 루바슈카(rubashka) 입은 장발 청년(이렇게 유달리 차린 청년이 서울 안에 몇 사람이나 있으랴마는)이나 첨단적 지식분자연(智識分子然)한 양복 계급이리라고 예상한 기대를 벗어나 고객 대부분이 중등학교 정도의 생도들이라는 것이다. 아침부터 밤까지 이 서점을 찾는 수백 명의 고객의 구십구 퍼센트가 두발 단삭 한 목을 둘러 여민 교복의 중학생들이니 이 얼마나 놀라운 일이 아닌가.

혹은 떼를 지어 선풍같이 우르르 몰려오기도 하고, 혹은 단독으로 들어와서 주밀한 주위와 신중한 관찰로 서가를 세세히 뒤져 보며 신간을 물색하고 힘에 맞는 서적을 선택하여서 머릿속의 체계를 정리하여 가는 것이다. 그들은 번잡한 거리에 날뛰지 않으며 공연히 백화점을 찾는 법 없이 다달이 가난한 학자를 할애하여 이 서점을 찾을 뿐이요, 하루의 대부분을 침침한 하숙방에 들어박혀 앞날을 위하여 새 과학을 공부하는 것이다. 이 수많은 기개들 숲에 섞여서 간혹 몇 사람의 전문 학생, 대학생들이 이 서점을 찾아오기는 하나 그들은 새벽하늘의 별같이 극히 희소한 것이다.

「대학생쯤은 좀 더 와도 좋으련만!」

그러나 이런 탄식이 무슨 소용 있으리오. 「돈을 벌려면」 의학을 공부해야 하고, 「거룩한 지위를 얻으려면」 법률을 공부해야 하고, 그들의 두뇌가 아직까지도 이 「아나크로니즘(anachronism)」의 지경에서 뱅뱅 돌고 새 출발을 용단치 못함을 어찌하리오.

고등 문관 합격을 필사의 목표로 삼 년 동안이나 도서관 책상에 파고 엎드렸던 가련한 친구가 있고, 은행에 취직하여 급료가 풍성풍성하니 만족하고 변절하여 연구회의 옛 동지들까지 잊어버리는 가엾은 사람이 있는 것을 어찌하랴. 그야 대학생이라고 열이면 열 다 똑똑하랴마는 시대에 눈 어두운 사람이 너무도 많은 것이다. 상아탑의 학원 속에서 철 아닌 「파아내서스」 동산 속에서 낡은 글을 읊조리고 때 묻은 골동품을 만지작거리는 꼴들이 너무도 딱한 것이다. 이들은 이 서점을 찾는 기예 한 중학생들과 비교해 볼 때 우리는 그곳에서 또 대립을 엿볼 수 있는 것이다.

며칠 전에 단정하게 차린 여학생들이 이 서점을 찾아와서 어떤 책부터 읽기 시작하였으면 좋겠느냐고 지도를 빌었다 한다. 그보다 이전에도 또 이런 일이 간간이 있었다 하니 그때의 귀여운 고객들은 어린 소학생이었다 한다. 얼마나 놀라운 일들인가. 이렇게 하여 곳곳에서 구석구석에서 그들은 어둠을 헤치고 나아가는 것이다. 세태가 스스로 그들에게 바른길을 뚫어 주는 것이다.

그러나 아직까지도 단순한, 너무도 단순한 두뇌가 많은 이 거리에서 어여쁜 백지들 많은 이 거리에서 그들은 얼마나 귀여운 동무들인가. 거리의 「넌센스 보이」들이여, 동방의 여인들이여, 그대들도 모름지기 이를 본받아야 할 것이다.

남촌에 즐비하여 있는 화려한 백화점을 기웃기웃 사치한 물화에 침을 흘리며 재즈 레코드에 헛 흥겨워 말고 어두운 현실 구석에 엎드려서나마 색다른 글줄이라도 읽어 보아라. 의상과 유행에 대하여서는 감수성이 지나쳐 예민한 그들의 안테나다. 강렬히 닥쳐오는 사조의 음파에 대하여서는 너무도 우둔하다 함은 슬퍼하지 않을 수 없는 바이다.

백화점을 모르고 재즈에 마음 뺏기는 법 없이 오직 서점을 사랑하고 어두운 방구석에서 힘 기르는 지하실의 시꺼먼 일군! 이들 위에는 약속되었나니 축복하노라. 그들의 장한 성장을! 동맥을! 1930

낙랑다방기(樂浪茶房記)

운동 부족이 될까를 경계해서 학교에서 나가는 시간을 이용해 다방까지 걸어가고, 다방에서 다시 집까지 걸어가는 이 코스를 작정하고도 날씨가 추워지기 시작하면서부터는 여행의 날이 차차 줄어져 간다. 집에서 학교까지 10분, 학교에서 다방까지 20분, 다방에서 집까지 30분가량의 거리만큼만 걸으면 하루의 운동으로 족하리라고 생각한 것이다.

동경서 온 소설 쓰는 이에게서 1일 2시간 산보설을 듣고 착상한 계획이었으나 그의 반인 한 시간 산보도 여의치 못한 것이다. 다방에 간다고 해도 오후 네 시 전후 시각에는 먹을 것도 만만치 않다. 반지빠른 때라서 이 시각에 배를 채우면 저녁이 맛없어진다. 커피에다 핫케이크나 먹고 나면 저녁 구미는 아주 뚝 떨어져 버린다. 공복에 커피는 위험한 것이나 홍차를 마시자니 향기 없는 뜨물이 속에 차지고 레몬스카치를 마시자면 날마다의 음료로는 지나쳐 사치하다.

대체 요새의 다방이라는 것이 커피의 미각에는 섬세한 주의를 베풀면서도 홍차는 아주 등한시해 버린다. 홍차의 진의라는 것은 립톤의 새 통을 사다가 집에서 우려내는 근근 수삼일 동안에 있는 것이지 아무리 저장에 주의해도 그 시기를 지나면 풍미는 완전히 달아나 버린다. 호텔에서 먹는 것이나 다방에서 청한 것이나 집에서 우린 것이나 다 같이 들큼한 뜨물이 되어 버리고 만다.

평양에 다방이 생기기 시작한 것은 최근 수년간의 일이다. 〈히노도리〉와 〈마즈르카〉만 있을 때에는 적막의 감이 없지 않더니 별안간 올해를 잡아들면서 〈야마도〉, 〈세르팡〉, 〈브라질〉의 세 집이 우후의 죽순같이 솟아나 다객의 목을 적시어 주게 되었으나 아직도 그 어느 곳이나 설비 의장 등 부족한 점이 많다. 들으니 연내로 또 두 집이 생긴다는 소식이다. 그렇게 되면 합 일곱 곳의 다방이 앉는 셈으로 일 년 동안에 이렇게 수다스럽게 늘어가는 장사는 볼 수 없는 것이나 당업자끼리는 피차에 눈의 적일는지 몰라도 다객의 편으로 볼 때에는 다방의 격식도 점점 나아질 터이니 이런 반가울 데는 없다. 일곱 곳 아니라 7의 7배가 는다 하더라도 좋은 것이 각각 특색을 나타내고 품격을 갖추어 간다면 다객의 유별도 저절로 나누어지고 각각 갈 곳이 스스로 정해질 것이다.

사실 지금 같아서는 꼭 가고 싶은 한 곳이라는 곳이 아직 없다. 그만큼 모든 것이 어설프다. 음악에 자신 있는 다방은 방안이 횅해서 기분이 침착해지지 못하고, 안온한 집이라도 찾아가면 음악이 어설프고, 레지 있는 곳을 들어가면 언제나 속된 무리가 운집해 있어 도무지 마땅한 곳이 없다.

그러나 역시 음악을 안목에 두고 〈세르팡〉을 찾는 것이 가장 유익한 듯하다. 네 시 전후면 다객의 그림자가 빌 뿐 아니라 때로는 혼자 앉게 되는 적도 있다. 차 한 잔을 분부하고 3, 40분 동안 앉아 있노라면 웬만한 교향악 한 편쯤은 완전히 들을 수 있다. 차이코프스키(Tchaikovsky)의 교향악 「파세틱」도 좋고 베토벤(Beethoven)의 3중주곡 「대공(大公)」 같은 것도 알맞은 시간에 끝난다. 대곡이 너무 세찰 때에는 하와이안 멜로디도 좋은 것이며 재즈 음악도 반드시 경멸할 것은 못 된다.

어떻든 이 산보의 시각 전후가 다방을 찾기에는 가장 고요하고 적당한 때이지 밤에는 아예 갈 곳이 못 되는 것이 사람들이 웅성거리는 데다 까닥하다가는 문하의 학생들을 만나기가 일쑤다. 개중에는 한 탁자에 청해 와도 좋은 사람도 있기는 하나 거기는 저쪽도 거북스럽고 이쪽도 편편치 못하다.

서울서는 학생들의 다방 출입을 금한다는 소문이나 평양에는 아직 그런 엄격한 율도는 서지 않았고, 사각모 패라야 단 두 교뿐이니 관대하게 취급은 하나 그만큼 그들의 자태는 더 눈에 띠이게 되고 한 다방에서 마주칠 때에는 피차에 편안치 못한 느낌을 가지게 된다. 그러기 때문에 차라리 밤에는 다방 출입을 삼가게 된다.

다방행에도 이 정도의 조그만 수난은 있는 것이다. 세상에 편편한 일 한 가지나 있으리, 속히 이곳에도 서울만치 다방이 자꾸자꾸 늘어서 좋은 음악 많이 들리고 좋은 차 많이 먹이게 하고 웬만한 구석목 다방에 들어가서 쯤은 학생의 그림자 눈에 안 띠이게 될 날을 기다린다. 1938

동보극장에서

종일 집에 눕다. 겨울 동안의 게으름은 몸이 건강하지 못한 탓이니 나는 이것을 깊이 허물하지 않고 한가한 시간에는 반드시 몸의 보온을 도모하기로 하고 있다.

음력 초하루라 쓸쓸히 지내기도 무엇해 저녁에 호텔에서 S와 만찬을 같이했다. 식탁의 접시가 얼마 전보다 한 가지 줄고 사과 쨈들도 버석버석한 것이 도무지 범절이 검박하기 짝없다. 흰 식탁보와 꽃묶음만이 변치 않고 호사스럽다.

시간이 조금 늦었으나 동보(東寶)에서 조선 영화《풍년가》를 보기로 한다. 또 하나의 작품이다. 지금까지의 조선 영화가 다 그러했듯이 한편의 민속적인 풍속도에 지나지 않는다. 이제는 벌써 영화다운 영화를 만들어도 좋을 때가 아닌가. 왜 그리 상상력이 빈곤하고 구성이 설필까. 영화인들의 일단의 분발을 바라마지 않는다. 김신재의 연기는 개성적이어서 그것으로Tj 좋은 것이나 좀 더 선을 정리했으면 한다. 가령 쓸데없는 몸 시늉이라든지 번거로운 표정 같은 것은 아낌없이 버리고 가급적 간결한 표현을 가지기를 바란다.

영사의 도중에서 화폭이 끊어지고 관내에 불이 켜지더니 라우드 스피커가 싱가포르 함락의 특별 뉴스를 일러준다. 아나운서의 목소리다. 그 소리로 관중이 만세를 화창하다 거리에 나서니 어딘지 없이 소연한 기색이 떠돌며 축하의 장식 등이 벌써 눈에 뜨인다.

S와 헤어져 바로 집으로 향하다. 찬바람을 쏘인 까닭인지 몸이 좀 거북하다. 밤이 지나면 다시 회복될 몸이건만. 1942

이광수

서울 열흘

이광수

1892.3.4~1950.10.25

소설가, 문학평론가, 언론인, 번역가

일본 유학 중 여러 시, 소설, 논설을 발표하며 활동을 시작했다. 귀국 후 오산학교에서 교사로 재직하다 망명하여 도쿄, 상하이 등지에서 독립운동을 했으며, 임시정부에서 발간하는 《독립신문사》 사장, 1923년 《동아일보》 편집국장, 1933년 《조선일보》 부사장을 지내며 독립의 정당성을 세계에 주장하였으며, 「무정」, 「흙」, 「단종애사」 등 대중적 인기를 누린 작품도 여럿 썼다. 그러나 1937년 수양동우회 사건으로 투옥 후 친일인이 되었고, 이후 본인의 창씨개명은 물론 창씨개명과 황민화 정책을 지지하는 글을 신문에 게재하기도 하였다.

서울 열흘

집에서 한 번 다녀가라는 말도 아니 듣고 나는 사릉에 박혀 있었다. 비를 기다려서 모를 내어야 한다는 것이 핑계였으나 사실은 움쭉하기가 싫은 것이었다. 사릉이라고 특별히 내 마음을 끄는 것은 없다. 있다면 자라나는 제비 새끼를 바라보는 것, 강아지와 병아리를 보는 것, 새소리를 듣는 것쯤이었다. 논, 밭은 원체 땅이 좋지 못한 데다가 가물어서 빼빼 말라가는 곡식을 보기가 마음에 괴로웠고 이웃끼리 물싸움으로 으릉거리는 것, 남의 논에 대어 놓은 물을 훔치는 것, 물을 훔쳤대서 욕설을 퍼부으며 논두렁을 끊는 것, 농촌의 유머라기에는 너무 악착스러웠다. 「소서가 내일모렌데」 하는 것이 농민의 눈에 피를 세우고 염체를 불고하게 하는 것이었다. 「한보지락만 왔으면」하고 모여만 앉으면 말하였으나 그 한 보지락이 좀처럼 와 주지 아니하였다. 십여 일을 두고 거의 날마다 큰비가 올 듯이 판을 차려놓고는 부슬부슬 몇 방울 떨구다가는 걷어치우는 것이었다. 「하늘에 비가 없어서 못 줄 리도 없으련마는」 사람들은 이런 소리도 하였다. 소서가 낼모렌데 모는 반밖에 안 났다. 보리는 흉년이요, 밭곡은 타고 모두 속상한 일이었다.

이런 것을 두고 나는 서울을 가기로 하였다. 원체 약한 몸에다가 맹장을 뗀 지가 한 달 밖에 안 되는 막내딸 정화가 중학에 입학시험을 치른다는 것이다. 그도 오학년에서 검정 시험을 보고 들어가자는 것이다. 괜한 욕심이요 억지 일이다. 그러나 그러기로 정하였으니 하릴없다. 모든 것을 운명에 맡길 도리밖에 없다. 내가 강하게 반대하면 이번 입학을 중지할 수도 있겠지마는 당자의 재주에 자신도 있거니와 한 해를 얻는다는 것이 욕심이었다.

내가 서울에 발을 들여놓은 날은 훈훈한 바람이 불어서 동대문 밖이 온통 먼지였다. 길가 배추밭에 배추 포기들이 검은 먼지를 뒤집어쓴 모양이 내 숨이 턱턱 막힐 것 같았다. 푹푹 패인 길로 자동차들이 덜컥덜컥하고 수 없는 고개를 넘듯이, 달려서 먼지의 연막을 일으켰다. 여자들은 손수건으로 코를 막고 외면하고 걸었다. 넝마에 우 넝마가 다 된 전차가 터지도록 사람을 싣고 비틀거리며 달렸다. 동대문 같은 데는 전차를 기다리는 사람이 W자형으로 열을 짓고 서고 그 새로는 책과 담배와 사탕을 파는 아이들이 외우고 다녔다. 모두 전에 없던 새 풍경이다. 나는 전차를 탈 생각을 버리고 걸어서 집으로 왔다.

맹장을 뗀 딸은 생각던 것보다는 건강한 것 같아서 대면하였다.

「낙제해도 울지 마라. 육학년 다니면 고만 아니냐.」

하고 나는 그에게 예방하는 말을 하였다. 나는 부녀 둘이서 먹을 점심을 싸 들고 날마다 딸을 데리고 시험장에를 갔다. 아비라고 아이들을 데리고 구경을 다닌 일도 별로 없을뿐더러 최근 이삼 년간에는 매양 나는 집을 떠나 있어서 아이들과 함께할 때가 드물었다. 마치 엄마의 새끼들이요 내게는 관계없는 것 같았다. 그런데 아비와 온종일 날마다 같이 있는 것을 어린 딸은 이상하게도 알고 또 만족도 하는 것 같았다.

나는 비 오는 속에 우산을 쓰고 학교 마당 한구석에 자리를 잡고 앉아서 시험장에 들어간 자식을 염려하면서 담배를 피웠다. 어쩌다 나와 아는 사람도 역시 나와 같은 일로 와서 서로 만나는 일도 있었다.

「따님이요?」

「네, 막내요.」

대개는 이런 문답으로 이야기가 시작되었다. 내 친구라면 대개 막내가 중학에 갈 나이였다. 내나 그나 다 같이 지금 시험장에 들어가 앉았을 제 딸에 대하여 애정과 자랑을 느끼는 것이었다. 내 자식의 좋은 점을 적은 목록만을 어버이는 지니고 다니면서 세상 다른 계집애보다는 비길 수 없이 잘난 딸로 생각하고, 따라서 다른 집 딸들은 어찌 되든지 내 딸만은 꼭 입학이 되어야 하고 또 반드시 입학이 될 것이라고 믿고 있다. 그 딸은 아마 첫째나 그렇지 아니하더라도 첫째에서 얼마 멀지 아니한 성적의 자리를 가지고 있을 것이다. 이렇게 제 딸에 대하여서 자신을 가지면서도 한편으로는 가슴 조이는 불안이 있다. 천명에 가까운 이 딸들은 대개는 한 가지씩 자신을 가진 딸들이다. 게다가 이 학교에 대하여서 무슨 끄나풀, 비록 거미줄만 한 끄나풀이라도 가진 아이들이다. 혹은 직원과 무슨 관계가 있다거나, 혹은 유력자의 소개나 청이 있다든가, 부형 자신이 명사라거나 혹은 돈으로 우겨댈 만한 재산이 있다거나, 또는 이 학교 출신의 딸이라거나, 이 모양으로 대개는 시험 성적 이외에도 무엇 한 가지 믿는 것이 있는 아이들일 것이다. 제 성적에 자신을 가진 아이들은 이 학교가 공정한 채점을 하기를 비는 반면에, 성적보다도 다른 힘을 믿는 아이들과 그의 부모들은 학교가 고집불통이 아니요, 좀 변통성이 있기를 바랄 것이다.

「부자의 자식 낙제하는 법 있나?」

하는 것이 근년에 자주 들리는 말이 된 것은 불행한 일이거니와 곰곰이 짚어보면 그런 것도 같았다. 부자의 저능아 하나를 넣기 때문에 가난한 우량아 하나가 울어야 하는 것이다. 이런 일이 많으리라고 나는 생각지 아니하거니와 더러 있더라도 슬픈 일이었다.

셋째 날인가. 내 옆에 어떤 중학생 하나가 비를 맞고 앉아 있었다. 그의 깃에 단 표를 보면 사 년 생이었다. 「누이가 시험을 치르나?」 나는 이렇게 물었다. 「아니요. 제가 가르치는 아이가 시험을 치르고 있어요.」 그 중학생은 이렇게 대답하였다. 나는 그가 고학생으로서 남의 집에 가정교사를 하고 밥을 얻어먹고 있는 것이라고 판단하고 그 계집아이가 꼭 합격이 되어야만 할 사정인 것을 느꼈다. 만일 그 애가 낙제를 해도 그 애 집에서 이 가여운 중학생을 두어 줄까.

성적 발표가 있던 날 나는 또 그 학생을 만나서, 「그 애 붙었나?」 하고 물었다. 「떨어졌어요.」 하고 그는 싱그레 웃으며 고개를 숙였다. 나도 그의 눈에는 눈물이 핑 돈 것이라고 짐작하였다.

또 하루는 비를 맞고 우두커니 앉았노라니 어떤 실업계통 학교의 모표를 붙인 소년 하나가 내 옆에 와 쭈그리고 앉는다. 나는 또 「동생이 왔어?」 하고 그에게 물었다. 「네. 누이동생이요.」 하고 말았으면 고만일 텐데 이 소년은 내가 묻지도 않는 말을, 「괜히 시험을 치르죠, 아무러면 들어가겠어요?」 하고 빈정대는 낯을 짓는다. 「왜?」 나는 정말 이 소년의 말과 태도에 놀랐다.

「모두들 유력한 청이 있거나 돈을 많이 내어야 들어가죠. 제 동생같이 시골서 혼자 올라와 가지고 어떻게 들어가요? 오만 원만 내면 누구나 들어간답니다.」

이 소년은 제가 다 아는 일처럼 단정적으로 말을 하였다.

「그럴 리가 있나? 그렇게 생각해서 쓰나? 간혹 그런 부정한 일을 하는 학교도 있겠지만 다 그럴 리야 있나? 그렇게 생각하면 못 쓰는 게야.」

하고 나는 그 소년을 경계하였다. 그러나 그 소년은 내 말을 믿으려 아니하고 더욱더욱 제 생각이 옳은 것을 입증하

려고 제가 아는 전례를 두셋 들고 나서,

「총괄적 결론으로, 요새에 공도로 되는 것이 하나
나 있어요? 모두 협잡이지요, 야미구요.」

하였다. 나는 이 소년에게 이러한 선입견을 넣어 준 어른들과 우리들과 우리의 사회 상태를 원망하지 아니할 수가 없었다. 만일 소년들이 많이 이런 생각을 가지게 되면 이 민족이 어떻게 될까. 어찌하면 이 소년의 마음에서 이런 무서운 편견을 빼어내일 수가 있을까. 실로 무시무시한 큰 문제다.

성적이 발표되던 날 나는 한 시각이라도 일찍 결과가 알고 싶어서 발표한다고 예고한 시간보다 서너 시간이나 전에 학교에를 갔더니 나보다도 먼저 온 부모와 아이들도 있었다. 아무리 일찍 오기로니 발표되기 전에 알 리는 없건마는 발표하는 담벼락 가까이 와 있어도 좀 더 마음이 놓이는 것이다.

이날 하늘에는 풍운이 대단하였다. 검은 구름이 뭉게뭉게 바람에 불려서 남산에서 인왕산 쪽으로 달리고 가끔 구름 조각이 항렬에서 떨어진 자 모양으로 우리 머리 위에서 헤매었다. 성랑 위에 선 나무들이 쐑쐑 소리를 내이며 몸을 굽혔다 폈다 하였다. 비가 뚝뚝 떨어지기도 하고 홱홱 뿌려지기도 하였다. 우산을 펴들면 내 몸까지 달고 달아나려 하였다. 까치들이 방향을 잡을 힘을 잃고 이리 뒤치고 저리 뒤치면서 바람결을 벗어나려고 애를 썼다. 문득 나뭇잎 하나가 펄럭펄럭 바람에 불려서 오르락내리락하는 것이 눈에 뜨였다. 그것은 유난히 내 눈을 끌었다. 나뭇잎으로서는 너무 보드랍고 또 심히 미약하나마 그 동작에는 저항하는 약간의 힘이 보이기 때문이었다.

얼마 동안 바람에 떠 놀던 그것이 있는가 없는가 싶은 힘은 마침내 그것을 큰 나무 무성한 잎사귀들 속으로 끌어들이기에 성공하였다. 그것은 흰 나비 한 마리였다. 차차 학부형들과 아이들이 불었다. 지난 나흘 동안에 낯을 기억하는 아이들의 얼굴을 바라보는 것은 반가운 일이었다. 나도 그가 누군지 모르고 그도 내가 누군지 모르지마는 서로 낯은 익어서 눈 익혀 보고 지나가는 것이었다. 부모 중에는 자가용차를 타고 온가 싶은 이도 있고, 출근했다가 돌아오는 길에 들린가 싶은 피곤한 얼굴도 있었다. 학교는 나왔으나 아직 시집도 안 가고 취직도 안 한 듯한 여자며, 맨머리에 가방을 든 대학생도 있었다. 가정교사인 그 중학생

세상 이면을 모두 악으로 해석하는 그 소년도 왔다. 이 학교 재학생들도 번뜻번뜻 보였다. 제복을 입고 운동화를 끌고 그들은 마치 천상 선녀인 것같이 보였다. 발표를 기다리는 아이들의 마음에 얼마나 이 땀 배고 꾸깃꾸깃한 제복이 부러울까.

시간이 가까우니 마당이 뿌듯하게 사람들이 모였다. 일 분 앞을 내다볼 힘이 없는 그들은 명부가 나와 붙기까지는 제가, 또는 제 딸이 붙었는지 떨어졌는지 알 길이 없는 것이다. 일 분 후에 흐를 낙제의 슬픈 눈물을 품은 채 열세 살, 열네 살 된 계집애들은 강동강동 뛰놀고 있다. 몇 번이나 사람들은 「발표다」하고 밀렸다. 누가 헛소문을 내는 것도 아니요 피차의 기다리는 마음이 착각, 환각을 일으키는 것이었다.

「따님이야 물론 붙으시겠지.」

사람들은 이런 쓸데없는 소리를 주고받았다.

「이 중에서 육백여 명은 울고 돌아갈 운명이니 기막힌 일이요.」

이런 소리들도 하였다. 저마다 제 딸은 이 육백 명 속에는 들지 아니할 것 같았다.

약속의 여섯 시도 지났다. 사람들은 연해 손목시계를 보았다. 금방 보고서는 또 보는 것이었다. 시계가 가는 동안에 합격자 명부에 적혔던 제 딸의 이름이 스러지지나 아니할까 하고 조바심하는 것 같았다. 어서 나와 붙어야 비로소 굳어지는 것 같았다.

지금 교장의 연필이 아이들 이름 위에서 춤을 추고 있는 것이었다. 한 명만 더, 한 명만 더 고 끌어올리자니 정원이 넘고 이 이름을 뀔까 저 이름을 뀔까 하니 가여웠다. 그러나 마침내 교장의 연필은 몇 아이의 이름자 위로 검은 줄을 그으며 달리지 아니하면 아니 된다. 그 아이들은 지금 그 어버이와 함께 조바심을 하면서 발표를 기다리고 있는 것이다. 무슨 이상한 운명의 재결을 기다리는 것 같다.

「나왔다!」

웬 사람이 와이샤쓰 바람으로 커다란 두루마리를 들고나왔다. 인제는 발표다. 빨건 벽돌 담벼락에 그 두루마리가 붙으며 풀린다. 일, 이, 삼번은 없다. 사, 오가 있고 팔이 있고, 이 모양으로 번호가 나붙는다. 없는 번호가 넷에 셋일 것이다. 아주 조용하다. 아무 소리도 없다. 이 동안에 바람이 불었는지, 구름이 날았는지, 또는 빗방울이 떨어졌는지

나는 기억이 없다. 아마 이천 명 가까운 사람들이 다 그랬을 것이다.

차차 우는 소리가 들린다. 두루마리가 풀려서 둘러붙는 대로 웃음과 울음이 번을 갈아서 벌어지는 것이다. 혹시나 잘못 본 것이나 아닌가 하고 눈을 비비고 다시 보고 몇 걸음 사람을 헤치고 다가 들어가서 또다시 본다. 그래도 있는 것은 있는 것이요 없는 것은 없는 것이다. 없다가 있을 수도 없고 있다가 없을 수도 없었다.

먹으로 쓰인 일, 이, 삼, 사, 오, 육, 칠, 팔, 구, 십이 모두 생명이 있어서 움직이는 것만 같았다.

이공일, 삼공일, 다 지나 내 딸의 번호인 오자가 나오기 시작하였다. 오오구, 오육구, 내 딸의 번호는 오칠구다. 오팔공이 먼저 내 눈에 띄었다. 나는 곧 외면하여 버렸다. 찾다가 오칠구가 없는 것보다는 숫제 안 보는 것이 나았다.

「정화 붙었어요!」

하고 아는 재학생이 내게 보고해 주고 정화라는 내 딸을 껴안아 주었다. 정화의 오빠도 왔다.

「붙었다. 붙었다.」

하고 나와 내 어린 딸이 선 땅에서 사오인의 기뻐하는 패를 이루었다. 그제야 눈을 들어보니 과연 오칠구가 오칠팔과 오팔공 사이에 있었다. 그러나 내 기쁨은 옆에서 일어난 비극으로 중단되었다. 어깨 달린 세루 스커트를 입은 계집애가 제 오빠인가 싶은 남자의 붙드는 손을 뿌리치고 몸부림하고 울며 무엇에 부딪혔는지 코피를 쏟고 있었다.

「이차도 있지 않느냐.」

하고 달래는 소리도 그 어린 뉘 집 딸의 몸부림을 막을 수는 없었다. 저 두루마리에 그 애 번호 하나를 넣어 주기 전에는 그 애의 가슴 아픈 슬픔을 하리게 할 수는 없었다. 교장도 무정도 하다. 어쩌면 요 애 하나를 더 안 넣어 주었을까. 하나쯤 더 넣기로 큰일 나리? 그러나 「요애 하나만」이 육백여 명이니 어찌하리?

이튿날 모인 것은 웃던 애들뿐이었다. 이백여든 몇 아이와 그들의 부모. 떨어져서 슬퍼하는 자를 돌아볼 새 없이 세상은 예정대로 진행하였다. 그들은 목청껏 애국가를 부르고 저마다 나는 인제는 이 학교 학생이라고 우쭐하였다. 부모들은 내 딸이야 떨어질 리가 있나, 하고 제 딸은 떨어진 계집애들과는 씨가 다른 것같이 생각하였다.

「육백여 명 떨어진 아이들을 생각하면.」

하고 교장은 울음이 북받쳐서 목이 메었다.

「해방이 되었다는데 왜 우리 아들딸들이 마음대로 입학을 못 하오? 전에는 일본의 죄어니와 지금은 뉘 죄요?」

하고 외치는 소리가 교장의 목메인 성의를 증명하였다. 나도 울었다.

입학시험에서 이러한 광경이 벌어지는 동안에 덕수궁에는 미소 공동 위원회가 열리고 좌우익의 정치가들은 바쁘게 머리와 입을 움직이고 있었다. 딸의 입학 수속을 끝낸 나는 서울에는 더 흥미는 없고 일도 없었다.

전차를 타자는 것은 망계여서 나는 자아골서 성동역까지를 내리 걸었다. 만일 택시를 탔다면 육백 원을 달랄 것이요, 투정을 해야 오백 원에 갔을 것이다. 길가에는 부인네와 아이들이 소위 양담배, 양사탕 가게를 수없이 벌여 놓고 있었다. 상점 유리창에는「일본제 연필 일타 백 원」이니,「중국제 성냥 십 개 칠십 원」이니 하는 절지가 붙어 있었다. 담배도, 사탕도, 아이 연필도, 땅 성냥도 외국서 들여다가 먹는 우리 신세는 한숨지을 신세였다.

성동역에 소매치기가 많다는 소문이 나서 사람들은 돈 넣은 주머니를 손으로 꼭 누르고 있었다. 돈 여기 있소, 하는 것이다. 누구는 사 만 원을 잃고 누구는 무엇을 잃었다고 약은 듯이 말하는 사람들도 있었다. 나는 주머니에 잃을 것이 없으니 안심이었다.

사릉에 돌아오니 개울에는 물이 소리를 내고 흐르고 벼들이 까무스름하게 자랐다. 박 군은 모를 다 내어놓았고 소도 인제는 한가하였다. 강아지는 가무스름한 털이 야드르르하게 나서 몸빛이 변하였다. 제비 새끼는 벌써 나와서 날아 돌아다니고는 잘 때에만 들어와 잤다. 토마토가 열리고 오이는 늙었다. 옥수수가 피었다. 논에 물들이 닿아서 개구리와 맹꽁이 소리가 무척 늘었다. 문제의 꿩은 여전히 꿩꿩 울고 백로도 여전히 집 앞으로 지났다.

서울이 무엇으로 시골보다 나은가 하는 것은 예전부터 가진 생각이지마는 나도 이번 우연히 내가 무엇으로 날짐승보다 나은가 하는 생각을 하게 되었다. 소나, 강아지나, 제비와 비겨서는 나는 나을 것이 하나도 없는 것 같았다. 식과 색의 본능으로 말하면 그들과 나와 다른 것이 없고, 부처 될 성품도 그들이나 내나 마찬가지다. (확인 불가)

채만식

상경 후 서울

채만식

1902.6.17~1950.6.11

소설가, 기자

서울 중앙고보를 졸업하고, 일본 와세다 대학 문과에 입학했다. 그러나 1년 만에 중퇴하고 《동아일보》에 입사했다. 기자 생활을 하며 소설을 써 등단했다. 처음엔 카프 성격이 강했으나 이후에는 시대 풍자적인 작품이 많다. 신식 교육을 받고 도시의 삶이 익숙한 도시인이지만, 전국 팔도 사투리를 자유자재로 작품에 녹였다. 소설, 수필, 평론, 희곡, 동화 등 200여 편의 작품을 썼고, 대표 작품으로는 「레디메이드 인생」, 「탁류」, 「태평천하」가 있다.

여름 · 도시 · 밤 그리고

경원선과 경인선이, 삼방(三防)과 석왕사(釋王寺)의 밥장수가, 워싱턴의 동상과 모기와 빈대와 벼룩이 모두 제각기 한몫을 톡톡히 보는 7월이다.

맥주 공장에서 나온 맥주 통이 꼬리를 물고 시내로 굴러들어온다. 아이스크림 장수가 오늘은 1원 23전을 남겼다. 왕십리 배추 장수가 구름 없는 하늘을 쳐다보며 한숨을 쉬는데 아이스케이크 장수는 입이 광우리 같이 벌어진다. 하숙집 노파가 하기방학을 저주한다. 모던 아가씨와 모던 서방님 네를 모조리 송도원(松濤園)에게 삼방에게 석왕사에게 장연(長淵)에게 빼앗긴 서울의 아스팔트와 티룸이 한숨으로 파리를 날린다. 모갯돈 없는 룸펜만이 용감하게 서울 장안을 사수하고 있다.

도가니 속 같은 서울의 대낮. 더위에 지친 전차가 선불 맞은 맹수의 최후의 신음처럼 악을 쓰고 말려든다. 좀도둑같이 설설 기어 달아나는 자동차가 심술궂게 독와사(毒瓦斯)와 '먼지 막'을 피운다. 먼지를 뒤집어쓴 가로수는 골동품 상점같이 지저분하다. 종로 거리의 녹은 콜타르에 하얀 고무신이 들러붙은 젊은 아낙네가 무료로 구경거리를 제

공한다.

태양광선의 99도 직사. 선풍기 도는 소리는 태양에 대한 항전(抗戰)이 아니라 지친 신음이다. 빙수집의 얼음 깎는 소리도 마찬가지다. 5전 내고 빈 전차를 골라 탄다. 피서를 겸한 합리적 드라이브를 한다. 한 시간 20전으로 선유(船遊) 겸 청유(淸遊)를 한다. 단 헤엄 못 치는 나에게는 결사적 모험이다. 피서지로 가는 본격적 피서는 우리에게는 천당과 같이 인연이 멀다.

밤. 대 경성의 대동맥이요 메인 스트리트인 종로다. 진고개가 항의를 한다면 그것은 추후 답변하기로 보류한다. 더위는 산에 박힌 바윗덩이같이 물러날 줄도 모른다. 호기 있는 삿포로 맥주의 네온사인 밑에서 싸구려 악을 쓴다. 빵의 ××과 빵의 절규다. 누구나 다 헐하다고 외친다. 야시 말이다. 미상불 싸기는 하다. 어느 노점을 굽어다 보아도 1원 이상 내라는 물건은 없다.

조선 사람은 음악을 대단 애호한다. 사람들은 레코드집 앞에서 나누어주는 삐라를 손에 들고 마침 울려나오는 유행가를 따라 배우기에 열 명 스무 명 씩 몰려 서 있다. 음악학교의 가두 진출이다.

행랑뒷골에 사람이 늘비하게 넘어져 있다. 단 슬진(虱陳)의 자취가 아니라 빈대 군에 쫓겨난 사람들이다. 거적자기 한 잎 토막 한 개로 땅을 요로 삼고 별 문을 반자지(紙) 삼아 코를 들들 곤다. 그중에는 더블베드도 있다. 아기까지 데리고 온 일가족 동반도 있다. 이런 광경을 하느님이 내려다본다면 쓸데없는 생물 빈대를 창조한 당신의 실수를 후회할 것이다.

꼿꼿한 신작로와 같은 단조와 숨이 막히는 더위다. 이것밖에는 서울의 여름에서 더 찾을 것이 없다. 일부러 더 찾아내자면 먼지도 있고 소음도 있고 악에 받친 주정꾼도 있고 하겠지만, 그러나 그런 것도 `모두 졸음이 오게 단조하고 답답하게 더울 뿐이다. 애초에 무학대사가 이태조께 도읍을 정해 줄 때 몇 걸음 더 걸어가서 한강을 중심으로 했으면 지금쯤 서울은 조금은 더 시원하고 조금은 더 정취가 있을 것을. 하기야 그때 생각은 한강과 북악산으로 천연의 성을 삼을 생각이었겠지만, 지금 생각하면 무학은 역시 무학이었던 것이다.

쓸데없이 더운 서울 바닥에 앉아 조상의 푸념을 하지 말고 시원한 곳에 피서라도 갔으면 하겠지만, 나는 피서보다도 이 더위를 잘 아꼈다가 추운 겨울에 쓰고 싶다. 내가 만일 신이라면 나의 이런 소원쯤 어떻게 해서든지 변통해 줄 것이다. 1934

기생집 문 앞에서 맴돌이 하던 이야기

K와 S는 다 같이 술이 얼큰히 취하였다. 그들이 T관 문 앞에서 불러 놀던 기생 H에게 「안녕히 주무세요.」 하는 인사를 받고 길거리로 나선 때는 자정이 벌써 지났다. 두 사람은 다 남북으로 갈리었다. K는 이문 안으로 S는 종로 편으로. 갈리면서 서로 다정하게 인사를 하였다.

「잘 가게.」

「응, 잘 가게.」

「웬만하면 택시라도 타지!」

「아니 괜찮아…… 뭘 내가 취한 줄 아나?」

「취하지야 아니했겠지만 어찌 마음이 놓이질 않는 걸……」

「내 걱정은 말고 차라리 자네가 타고 갈 도리를 해야 하겠네.」

「아니 괜찮아.」

「자, 그러면.」

「응, 그러면 내일 구락부에서 만나세.」

이리하여 두 사람은 갈라섰다. K는 외투 깃을 세워 목을 푹 파묻고 어두컴컴한 이문안길을 빠져 사동(寺洞)의 큰

거리로 나섰다. 날은 몹시 춥고 거리에는 지나다니는 사람의 그림자라고는 K와 같이 취한 한량의 '갈지(之)'자 걸음이 다문다문 어른거릴 따름이다.

K는 낙원동으로 들어서는 길 어귀에 서서 잠깐 망설였다. 고구마 장사가 구수한 냄새를 피우며 일부러 한 곡조 멋들어지게 외친다. K는 집으로 가는 길을 버리고 종로로 향하여 내려가다가 승동(勝洞)예배당 다음 골목으로 들어섰다. 승동예배당 뒷문 골목 옆에 바로 오늘 밤 같이 놀던 H의 집이 있는 것이다.

이편 S는 종로로 나섰다. 주인을 잃은 듯이 휭 빈 넓은 거리에는 요리집에서 돌아오는 기생 태운 인력거와 눈방울이 흉한 자동차가 가끔 지나갈 뿐이다. S는 서편으로 향하여 집으로 돌아갈 것을 버리고 동으로 향하여 천천히 걸음을 옮기었다. 그러자 등 뒤에서 「왜 그리 가세요.」 하는 연한 소리가 들린다. 홱 돌아보니 H가 인력거를 타고 간들간들 지나간다. S는 보이지 아니하는 미소를 머금고 발을 옮기어놓았다. 오래지 않아 H의 인력거가 종로에서 사동 뒷골목 들어가는 좁은 골목으로 사라진다. S는 청년회관 옆 골목으로 해서 사동 뒷골로 방향을 정하였다.

운동과 시간이 합력한 결과 S는 승동예배당 뒷문 옆에 있는 H의 집에서 대여섯 걸음밖에 더 아니 되는 지점까지 이르렀다. 그러자 저편 호해(浩海)여관에서 나오는 고부린 골목에서 시커먼 그림자 하나가 쑥 나왔다. 틀림없는 K다. 두 사람은 어두운 속으로도 피차에 누구임을 알았다. 두 사람은 머뭇하다가 서로 눈치를 안 채이려고 저벅저벅 걸어 들었다. 그러나 문득 나오는 말은 「자넨가」, 「자넨가」의 한마디씩이다. 이렇게 서로 물어놓고는 서로 얼굴 표정과 낭패의 기색을 숨기려다가 또다시

「어데 가나?」

「나? 응…… 저 어데 좀 다녀가려고…… 자네는?」

「나? 응…… 저 어데 좀 다녀가려고……」

「그러면 다녀가게.」

「응, 다녀가게.」

두 사람은 엇갈렸다. S는 걸음을 옮겨 호해여관 앞을 지나 새로 지은 P모의 병원 앞으로 해서 인사동 골목으로 나서서 방향을 북으로 정하고 올라갔다. 가다가 다시 이문안 골목으로 들어서 아까 놀던 T관 앞을 지나 종로로 나섰다. 그는 K와 마주치지 아니하려고 사방을 주의하여 보았으나

보이지 아니하였다.

한편 K는 H의 집 문 앞을 지나 인사동 뒷골목에서 청년회관 옆까지 이르렀다. 거기서 그는 S와 마주칠까 두려워 청년회관 뒤를 끼고 돌아 이문 안으로 넘어 들어 또다시 H의 집을 향하였다. K와 S는 이번에야 설마하고 H의 문 앞에 이르렀다. 그러나 설마는 사람을 죽인다. 또 둘이서 만났다.

「웬일이야?」

「자네는?」

「나는……?」

「나는……?」

「허허허허……」

「하하하하……」

「에라 이 망할 녀석.」

「이 녀석아!」

「하하하하.」

「허허허허.」

「가 자세.」

「자네 말이 옳어.」

「잘 가게.」

「응 잘 가게.」

두 사람은 엇갈리었다. 한 시간 뒤에 두 사람은 또다시 만났다. 또 한바탕 웃음이 터졌다. 그러고 나서 두 사람은 다 같이 동관 있는 선술집으로 향하여 간다. 1931

대도시의 생활

대도시의 생활이 몸에 좋지 못한 것을 절절히 느끼겠다. 서울로 돌아온 지 불과 한 달 남짓한데 몸의 컨디션이 그동안 벌써 여간 나빠진 것이 아니다.

식욕이 완구히 떨어졌다. 해가 짧은 데다 조반이 늦고 저녁이 이르고 하여 항용 2식인데, 전체의 분량이 시골서 먹던 절반 밖에는 아니 된다. 실상 시골서야 정한 3식 외에 감이니 고구마니 또 종종 떡 같은 것이 있어 간식도 풍부히 하였었다. 그런 것까지 친다면 시골서 먹던 양이 넉넉히 3배는 되었으리라 싶다. 그런 분량도 분량이려니와 도대체 입맛이 없다. 시골서는 된장찌개에 쓴 김치만 오른 밥상이라도 밥상을 받으면 우선 구미가 돌고 밥 먹기가 이상히 달고 하였다. 아침 점심 저녁 세 끼를 먹되 세 끼가 다 그러하였다. 그러던 것이 서울로 와 있으면서부터는 비교적 찬이 푸짐한 밥상을 대하여도 와락 그다지 구미가 당기는 줄을 모른다. 억지로 먹을 때가 많다. 많이 걸어 다니고 한 날은 오후 한 세 시쯤 되면 시장기가 든다. 그 시장기 드는 것이 반가와 거리의 음식집에 들러 간단한 요기를 한다. 또 친구와 어울려 점심을 먹는 날도 있다. 그런 날이면 저녁은 아주 그만이다.

그렇다고 시골서 지날 때처럼 열량을 소모치 아니하느냐 하면 그런 것도 아니다. 전차가 타기가 힘이 들고 성가시어 대개는 도보를 한다. 그것은 거리를 친다면 하루 3, 40리 4, 50리는 족히 될 것이다. 시골서 채전에 나가 풀을 매고 고구마를 캐고 하던 하루의 열량의 소모에 비하여 노상 못하지는 아니할 것이다. 그러면서도 칼로리의 보충은 전만 못하니, 아마 모르면 몰라도 체중이 1관은 줄었으리라 싶어진다.

불면증이 다시 도졌다. 나의 불면증은 20년의 고질이다. 하도 오랜 고질이어서 이 근래는 잠 아니 오는 것, 늦게 자는 것이 차라리 상태같이 여겨지고 별반 고통스런 줄을 모를 지경이었었다. 그러다가 지나간 4월 어느 날 소개를 구실삼아 시골로 현실을 피해 가 있으면서 불기한 부소득(副所得)으로 오랫동안 잃어버렸던 잠을 도로 찾았었다.

여덟 시나 아홉 시면 자리에 눕는다. 누우면 오래도록 삐대지 아니하고 이내 잠이 든다. 그래도 푸욱 자고는 다섯 시면 깬다. 깨면 양치를 하고는 밭으로 나간다. 삼시 밥 먹는 외에는 하루 종일을 밭에서 지운다. 씨를 뿌리고 매 가

꾸고 벌레를 잡고 거둬들이고 하느라고 골몰하여 있노라면 온갖 생각을 죄다 잊어버린다. 비가 온다든지 혹은 밭에 일이 너끔하여 시간이 있을 때에도 새로이 일거리를 장만할지언정 사색을 한다거나 독서하기를 힘써 피하였다. 집필 물론 아니하였다. 한 것이 있다면 그날그날의 가사일기를 적기와 최 군, 은 군 두 곳에 서신을 초한 것뿐이다.

하루를 그렇게 지우고 일찍 자리에 든다. 단 1분이 못하여 잠이 들고 만다. 그, 잠이 솔깃이 들려는 즉 생시의 마지막이요, 잠의 시작인 바로 순간의 쾌감이다. 그것은 능히 천금에 값나갈 수 있는 것이었다. 사납고도 추한 현실을 도망해 나온 것도 크거니와 오랫동안 잃어버렸던 잠을 도로 찾은 것도 즐거운 노릇이라고 스스로 기뻐하였었다. 그랬던 것이 단잠을 자기 겨우 10개월, 또다시 잠을 잃어버리고 말게 되었다.

소설이 두어 개씩 때로는 네댓 개씩 머릿속에서 두서없이 꿈틀거린다. 그것을, 요샛날 정거장의 군중이라도 정리하듯이 갈피를 차리느라고 연방 담배를 피우면서 궁리하고 앉았느라면 어느덧 자정이 넘는다. 잠은 멀리 달아나고 아무리 자리에 누워서 잠이 들자고 애를 써도 무가내하

(無可奈何)다. 4, 5일 전부터 「미스터 방(方)」이라는 단편을 하나 시작하여 보았다. 그러나 하룻밤 7, 8시간씩 앉아서 삐대는 것이 2백자 석 장을 1주일 동안에 겨우 썼다. 그러고는 뜬눈으로 누워서 밤을 샌 것이 두 차례나 된다. 아침에 일어나면 머리가 무겁고 간밤에 계속하여 귀가 운다. 온종일 몸이 매 맞은 것처럼 나른하다. 하되 그 피로란 결코 시골서 일을 함으로써 오던 그런 유쾌감이 따르는 피로가 아니라 지극히 불쾌한 피로다.

지나간 11월 초 해방 후 비로소 서울 행보를 하느라고 오랫동안 입지 아니한 와이샤쓰를 입는데 칼라가 작아서 단추를 낄 수가 없었다. 금년 봄까지도 오히려 커서 손가락이 둘씩이나 들어가던 여러 번 빤 와이셔츠였었다. 칼라가 어째 이리 줄었느냐고 하였더니, 아내는 대답이 「줄면 첫 물 두 물에 줄지, 그새 벌써 대여섯 물도 더 빨았는데 인제 별안간 주느냐.」고 그러면서 다른 걸 입어보라고 한다. 네 벌 있는 것을 차례로 다 입어보았다. 네 벌이다 그러했다.

「칼라가 주는 게 아니라 목이 불으셨나보?」

아내가 그러는 것을 나는 「그새 겨우?」 하고 말았으나 마음속엔 짐작 가는 것이 없지 아니하였었다. 그러고는 서울로 올라왔는데, 아닌 것이 아니라 만나는 친구마다 한다는 말이 「얼굴이 퍽 좋아졌구려」 하는 인사였다. 목이 불고 얼굴이 좋아졌다는 인사를 받고 하기도 인제는 지나간 이야기요, 앞으로 얼마 아니 있으면 반드시 「요새 어디 몸이 편찮았소?」하는 인사를 받게 될 것이다.

시골 가서 무얼 하고 지냈느냐고 묻는 친구에게 웃음 삼아 내어 보이던 손바닥의 옹이도 나날이 희미하여져 간다.

1946

나혜석

하이칼라가 늘어가는 경성

나혜석

1896.4.28~1948.12.10

서양화가, 작가, 여성 운동가, 독립운동가, 언론인

1913년 도쿄 사립 여자미술학교 서양화 선과 보통과에 입학했다. 유학 중 접한 지적 분위기는 근대적 여성과 주체적 인간으로서의 여성관을 확립하게 했고, 「이상적 부인」을 시작으로 조선의 봉건적 사회를 비판하는 소설, 시, 수필을 여럿 썼다. 이후 문예가 최승구와의 절절한 연애와 사별 끝에 외교관이자 인권변호사 김우영과 만나 1920년 결혼했다. 1927년 6월 김우영은 법학을, 나혜석은 미술을 공부하러 1년 8개월간의 구미 유람을 떠났다. 구미에서 돌아와 유람 중 그린 그림과 모작 수집품을 전시했고, 구미 유람기를 여러 신문사에 연재하며 활동을 이어나갔으나 1930년 구미 유람 중 파리에서 만난 최린과의 연애가 소문나며 이혼했다. 1934년 「이혼고백장」을 발표하며 사회에 큰 논란을 일으킨다. 꾸준히 그림과 글을 발표하며 한 인간으로서의 여성의 삶을 주장하다 1948년 아이들을 그리워하며 행려병자로 사망한다.

하이칼라가 늘어가는 경성

넓고 큰 만주에서 살다가 경성에 들어서면 마치 반 칸 방 속에다가 잡아놓고 사방 창을 잠그는 것 같은 기분이 생긴다.

경성 시가에는 쏙쏙 빼입은 청년 양복쟁이가 전보다 많아진 것 같고 또 대모테 안경 안 쓴 사람이 없는 것 같이 보인다. 여학생의 치마 길이는 작년보다 조금 길어진 것 같고, 여교사 같은 숙녀는 왜사 적삼 생수 겹저고리 아니 입은 이가 별로 없는 것 같다. 점점 사치스러워 가는 것은 대단히 좋은 일이나 청년마다 놀란다.

사람마다 살 수 없어 죽겠다는 형편에 비하면 무슨 셈인지 알 수가 없다. 하여간 왜 그리 노는 사람이 많고 그렇게 모두 살 수 없어서 어떻게 할는지 우리 사는 곳은 이에 대하면 별천지 같다. 이렇게 살다가는 조선 사람은 다 죽게 되겠다. 큰일 난 일이다. 길가에 다니며 보면 작년보다 요릿집이 많아진 것 같고 낯선 변호사 사무소라고 쓰인 말뚝이 여러 군데 보인다. 그리고 작년에 보지 못했던 안국동행 전차와 영추문행 전차를 보고 깜짝 놀랐다.

윤심덕 음악회를 보고

내가 20일간 경성에 있는 동안 다른 곳에도 많이 있었거니와 청년회관에서만 음악회가 네 번 있었다. 나는 그중에 한 번 가서 보았다.

김영환 씨의 「소나타」는 이제 그만 했으면 좋겠다. 이따금 가는 내 귀에도 이제는 싫증이 난다. 그 같이 아무 생각도 없고 표정도 없는 눈만 보고 손만 놀리려면 우리 같은 사람도 할 것 같다. 좀 달리 공부할만한 재료가 그다지도 없는지! 앉아 듣기에 하도 유명한 성악가 윤심덕 씨이기에 마침 기회가 있어 들어간 것이다. 음량은 충분하나 소프라노 음이 아니오, 알토 음이었다. 다른 때 독창한 것도 그러한지 모르지만 이날 두 가지 독창한 것은 음악이라기보다 창가였다. 없는 표정을 일부러 내는 것은 비열한 편이 많았다. 그리고 호의로 보면 활발하다고 할는지 너무 쩝적대는 것 같았다. 좀 자연스러운 태도를 갖도록 수양하는 것이 어떠할는지!

한기주 씨의 냉정하고도 침착한 태도에는 예술적 기분이 충만하여 매우 감사하였다. 길게 했다 가늘게 빼는 소리가 마음 같이 나오지 않을 때는 나라도 할 수만 있으면 잡어

빼주고 싶었다. 듣기에 매우 힘들었다. 하여간 양 씨의 음악이 천재적인 것을 부러워하기 마지못했다. 그리고 양 씨의 성공을 심축하였다. 회원 일동의 바이올린 합주는 잘잘못보다도 공부하는 어느 여가에 그 같이 음악공부를 하였을까 하고 감복하는 동시에 스스로 부끄러웠다.

홍영후 씨의 바이올린은 작년에 들었을 때나 기술의 진보가 별로 나을 것 없이 들렸다. 입장료를 벌기 위함인지 음악을 들려주기 위함인지는 모르겠으나 초대석이 만원인 것을 보면 거저 들어간 사람이 태반이나 되어 뵈니 빚이나 아니 지는지 부질없이 걱정이 되었다.

하여간 작년보다도 더 음악은 보급되는 모양 같다. 중학생도 희끗희끗 바이올린, 만돌린을 끼고 가는 것을 보면 대단이 희망 있어 보여 기쁜 일이다.

조선미술전람회를 구경하고

나는 거저 들어갈 수 있는 관계로 두어 번 들어가 보았다. 심사원의 말을 참작해보면 동양화나 조각부에 비하면 서양화는 일반이 진보되었음으로 동양화에는 우열의 차가 심하나 서양화에는 입상된 것이나 입상되지 않은 것이나 과히 차이가 없을 만큼 정도가 거의 같다고 한다. 그럼으로 동양화에는 2등이 있으나 서양화에는 2등상을 뽑지 않는 것보다 못하였다고 한다. 하여간 하부를 물론하고 1회나 2회에 비하면 엄선하였고 동시에 큰 진보이다. 일본에도 제전이라든지 이과라든지 광풍회 등 여러 가지 전람회가 제3회에 달해서는 상당한 실력에 달했던 것이다. 그러므로 조선미술전람회도 이로부터가 큰 희망이다.

그리하여 우리는 벌써 서양류의 그림을 흉내 낼 때가 아니오, 다만 서양의 화구와 붓을 사용하고 서양의 화포를 사용함으로 우리는 이미 그 묘법이라든지 용구에 대한 선택이 있는 동시에 향토라든지 국민성을 통한 개성의 표현은 순연한 서양의 풍과 반드시 달라야 할 조선 특수의 표현력을 가지지 아니면 아니 될 것이다!

여기에 일일이 매거하여 작품에 대한 평을 길게 쓸 수 없으나 하여간 하부를 물론하고 입상된 작품이 비교적 낫다고 할 수 있으며 혹 입상되지 못한 작품에도 우승한 것이 있으나 대개 입상 작품으로 표준을 삼을 수밖에 없다.

이종우 씨의 「추억(追憶)」은 추억 기분이 매우 잘 표현된 줄 안다. 그러나 화분을 너무 크게 그린 필적이 화면 중에 너무 먼저 눈에 띠었다. 김창섭 씨의 「교회(敎會)의 이로(裏路)」는 내가 좋아하는 그림 중 하나이다. 지면의 색과 그림자 색을 매우 즐겨한다. 박영래 씨의 「소광(韶光)」은 인물이 너무 인형 같았다. 원전 운웅 씨의 「구(丘)」도 내가 좋아하는 그림 중에 하나이다. 여자의 얼굴이 너무 가로 퍼졌으나 전체에 핑크마나 색으로 조화를 취함은 매우 따뜻한 감정이 보였다. 화와 사군자는 볼 줄을 모르거니와 일본화에는 역시 삼호 준양 씨의 「약수(藥水)」와 두립 수자 씨의 「조춘(早春)」이 제일 예술미를 가진 작품이었다. 전체 진보로 인한 평범한 것은 별로 문제 될 만한 작품이 없는 이만치 쓸쓸하고 섭섭한 일이다.

토월회 이월화 씨에게

세계적 유명한 톨스토이(Lev Nikolayevich Tolstoy) 작 「카추샤」 연극은 일찍이 동경에 있을 때 마쓰이 스마코(Matsui Sumako, 松井須磨子)가 하는 것을 본 일이 있다. 두 번째 다시 경성서 보게 된 것은 매우 기쁜 일이었다. 극장에 들어서니 가정부인이 많이 계신 것이 눈에 띄었다. 그리고 하층석에 중학생 모자가 반수 이상인 것이 또한 이상스럽게 낯설었다. 전문학교 학생들보다 중학교 학생이 공부를 제쳐놓고 이런 구경 다니는 것은 조선밖에 없을 것이다. 또 돌아보니 특등석은 텅 비고 초대석이 만원이다. 각 신문기자는 다 모여든 것 같고 형사 경관도 적지 아니하였다. 특등이나 일등 표쯤 살만한 양반은 모두 거저 들어와 앉았고 삼등석이야말로 만원이다. 이래가지고 비용이나 겨우 뜯어 쓰게 될까 하고 나는 부질없이 걱정을 하였다. 그리고 토월회 일동의 그 희생적인 태도에는 아무 효력 없는 일이 나마 동정하였다. 무대가 멀지 못한 비례로 배경의 그림이 너무 작은 데까지 그리지 아니 하였나 싶었다. 나무 잎사귀라든지 꼭 같은 것을 좀 더 큼직큼직 그렸으면 무대가 더 넓어도 보이겠고 멀어도 보이지 아닐까 하는 생각이었다.

네플류도프 공작은 좀 더 남자답고 활발하고 무사기한 사람이었으면 좋을 것 같았다. 그리고 제1막에 공작이 고모의 집에 가서 카추샤가 들어오기 전에 방 안을 방황할 때 러시아 사람과 같이 가만히 앉아있지 않고 뚜벅뚜벅 사방으로 걸어 다니는 것이 없었다. 이분에 대하여서는 표정이라든지 자태라든지 언어에 한 가지도 취할만한 아무것도 없이 평범하다는 것보다 너무 기계적이었다.

제2막의 카추샤를 찾아가서 사죄하는 것이라든지 제3막 최후에 작별을 고할 때 관람자로 하여금 하등의 찌름을 주지 못한 것은 큰 유감이다. 월화 씨의 카추샤 역은 과연 경복하였다. 제1막에 공작을 만나 반가워하는 말이 「대감 오셨다는 말씀을 들으니 내 가슴이 욱설욱설 했어요.」 하는 욱설욱설이란 형용사는 무슨 의미를 표함인지 매우 거슬리게 들렸다. 「가슴이 두근두근」하다는 것이 보통이 아닌가? 내 생각하나 각본 번역하신 양반인 들 모르시지 아니 겠는데 이런 말을 쓰게 한 것은 무슨 큰 의미가 있는 줄 안다. 제2막은 대성공이다. 제일 자연의 태도가 관람자로 하여금 크게 찔림을 받게 한 것이다.

제3막 최후 작별을 고할 때 물론 옛날의 처음 사랑을 생각하여 마음이 매우 부드러워지는 것이 자연이겠지만 그러나 제2막에 비하면 너무나 연약하였고 비굴하였다. 그리고 제3막 중에 제일 중요한 말 「나는 당신을 사랑하기 때문에 결혼을 아니 하겠소.」 하는 것을 두 번 말했으나 다른 말 하는 중에 끼여서 어물어물해버리는 것이 듣기에 너무 아까웠다. 그리고 딴말로 좀 강하게 말하여 주었으면 하고 기대하였다.

하여간 월화 씨는 대성공이다. 나는 월화 씨의 천재적 재능을 부러워하고 부디부디 성공하여 주옵소서, 부탁하고 심축하였다. 이것은 딴말이지만은 제2막에 카추샤가 공작인 줄 알고 외칠 때에 「왜 왔소.」하는 것보다 「왜 왔니.」 했으면 원망하는 말이 더 강할 것 같았고 제3막에 공작이 카추샤에게 「나하고 혼인해다오.」 하는 것보다 「나하고 혼인해주시오.」 했으면 회개한 심리가 더 뚜렷할 것 같았다. 어디까지 유족이오, 어디까지 천비인 태도를 꼭 지키는 것은 너무나 분하였다.

그러나 러시아 풍속에는 가까운 사람일수록 「해라」를 한다고 한다. 그리하여 부부간 「당신」이란 말이 나오면 곧 이혼하는 날이라고 한다. 이 의미로 보아 공작이 카추샤에게 꼭 해라 하는 것이 더 친밀하다고 할 수 있겠다. 그러면 카추샤가 공작에게 「해라」 못 할 것은 무엇인가. 밉고 원망하는 사람이니까 경어를 써야 할는지 모른다. 각본이 러시아에 것이니까 러시아 풍속대로 해야 할는지 말이 조선말이니까 조선말 심리로 해야 할는지 번역하신 분께서도 물론 고심하였을 줄 안다. 1924

유광렬

대 경성 회상곡

유광렬

1898.6.27~1981.11.1

언론인, 정치인

1917년 방정환과 함께 경성청년구락부를 조직하여 강연회와 토론회 활동을 했고 《신청년》을 발행하며 문화 운동을 전개했다. 1919년 《매일신보》 입사했고, 1920년 《동아일보》 창간 멤버로 합류, 1924년 《조선일보》로 옮기며 사회부 기자, 상해 특파원, 사회부장을 역임했다. 이후에도 언론사에 몸담았으며, 일제강점기 내 다수의 친일 논설을 썼다. 태평양 종전 이후 정치계에 입문하였고 사망 전까지 보수 언론에서 논설위원으로 활동했다.

대 경성 회상곡

내가 서울을 처음 와 보기는 지금으로부터 이십 일 년 전인 정미년 늦은 봄이었다. 질경이 뜯는 촌 처녀가 바구니 끼고 한가로이 봄들(春野)을 배회하는 향촌에만 있다가 별안간 경성을 오니 모든 것이 신기해 보였다. 남대문으로 들어와서(지금 있는 서 측 길은 없었다) 한참 오다가 한중 절충식으로 지어 놓은 이층집으로 들어가니 그것이 아마 지금 명치정(명동) 건너편 일본사람이 낸 식당들이 있는 곳 근처인 것이다. 그때 동명으로는 공동이더니 지금은 삼동리 이름도 없어지고 집도 없어졌으니 어디 가서 그 자취를 찾으랴.

그 이층집은 그때 우리 인척으로 어찌 되는 아저씨가 경영하는 포목전이었다. 거기서 생후 처음으로 푸른 단청 칠한 이층 층계를 올라가서 비단 휘장들이고 붉은 바탕에 검은 잎사귀를 그린 천을 깐 이층 방을 보았다.

그 집에서 안집으로 들어가는데 엔간히 큰집으로 대문 안에 중문이 있고 중문 안에 또 중문이 있었다. 새로 지은 기와집에 작은사랑 큰사랑이 있고 벽에는 서화가 붙었다. 안으로 들어가서 안방에 잘 차리고 앉은 아주머니에게 절을 하니 얼굴이 희고 복성스러우며 나이는 삼십 오륙 세밖에 안 되어 보였다. 아주머니는「그래 서울 와 보니 서울 구경이 어떠냐?」한다.

밤이 되니 램프 불을 켰다(그때는 전등이 없었다). 하인이 저녁상을 내왔다. 저녁을 먹고 나서 설렁 줄을 흔드니 사랑에서 한참 들어가게 되는 안에서 굵은 방울이 요란히 울리며 여 하인이 쌍으로「네-」소리를 길게 뽑은 대답을 한다. 그 집에는 여 하인이 삼 사인이 있고 바느질하는 침모가 있고 요리하는 찬모가 있고 또 사내 요리사가 있고 또 부리는 아이까지 있다. 이따금 밤이면 푸른 장옷을 입고 아이에게 초롱을 들리고 나간다. 그러나 나에게 누님뻘 되는 그의 딸은 장옷을 쓴 채로 어떤 여학교를 다니었다고 가끔 머리가 치렁치렁 한 채로「엣둘엣둘」하고 팔을 놀리며 체조를 하는 것을 보았다.

낮에 길거리를 나가면 좁은 골목 음식집에서 국 끓이는 냄새, 안주 굽는 냄새가 코를 찌르고 조희 약봉지만 한 약국에서는 갓 쓴 양반들이 한가로이 장기를 둔다. 변소는 모두 길가로 내이고 똥이 길가로 내보내게 만들었는데 가게 몰린 골목 서 측으로는 누런 똥이 또 널려있다. 누런 똥에는 간간 구더기가 움실움실하다. 지금 생각하니 위생인부 없는 그때에는 거름 장사가 맘대로 와서 똥을 퍼가든 때라 그렇게 보이게 하여 놓아야 얼른 눈에 띄어 퍼가라고 그렇게 하여 놓은 것 같다. 하여간 골목길을 걸을려면 코를 싸쥐어야 하였다.

낮이면 길거리에는 지금 많이 다니는 자동차는 한 대도 어디 볼 수가 없었고 간간 자전차가 다니어도 그리 흔치 못하였다. 하차도 말보다도 소가 많이 끌었다. 길에 먼지가 몹시 날렸으나 그 대신 길이 지금같이 넓지 아니었음으로 대단치는 않았다. 전차가 다니어도 지금같이 빈번하게 다니지 아니하고 타는 사람도 별로 없었다. 그때는 일본 사람이 전차를 경영하는 것이 아니라 한미전기회사에서 미국 사람들이 경영하고 전차 내에는 갓 쓰고 흰 두루마기 입은 사람이 차장 노릇을 하였다.

밤이 되면 한이 없이 길게 뚫린 좁은 골목은 캄캄하여진다. 가끔 한곳으로 뚫린 아궁이에 장작 집혀 놓고 불 때는 것이 거인의 눈동자같이 뚜렷이 보였다. 램프 불을 켜고 방에 앉았으면 어디서 불어오는지 멀리서 부는 호적 소리가 장안 만호천문 근심 있는 사람의 가슴을 두드린다. 누구 집에서 굿을 하는지 장구 울리는 소리가 들려 올 때도 있고 그 소리 저 소리 없으면 먼 집에서 개 짓는 소리가 청승스럽게 들려온다.

내가 있던 뒷집에는 여각이 있어 마구간에 말이 사오십 필씩 매여 있었다. 상인의 말이라 한다. 아침에 일찍 일어나서 누워있으려면 각색 장사들의 외치는 소리가 악마구리 끓듯 한다. 그중에 내 기억에 남은 것은 한편에서 굳센 소리로 「생선-조기들 사-」 하고 길게 뽑으면 한편에서는 사오십 세 먹은 노파의 간드러진 목소리로 「고춧가루나 깨소금 사-오」 한다.

사월 팔 일이 차차 닥쳐왔다. 웬만한 집에서는 모두 리어를 하여 단다. 낮이면 중천에 리어가 바람을 만나 한가로운 하늘에서 제멋대로 놀고 밤이면 채색 등이 길거리에 걸렸다. 차차 날이 더우니까 대낮에는 불볕이 내리쪼인다. 오월 단오가 가까워 오니까 길거리에는 머리 느린 소녀들이 채반에 새빨간 앵두를 담아가지고 다니며 「앵두 저-이리 벗지 드렁 사-」 하고 길게 목청을 뽑는다.

중문이 첩첩한 집안에 한가히 앉아있으면 푸른 옷 입고 내리다지 모자 쓰고 머리가 발뒤꿈치까지 치렁치렁한 중국인이 그림을 한 뭉텅이씩 끼고 들고 와서 「그림 사- 그림 사-」 하였다. 알록 옷 입은 일본인과 일녀가 오면 우리는 몹시 진객으로 대접하였다. 일본인 하나와 일녀들이 놀러 왔는데 머리 뒤로 쪽진 것만 보다가 머리를 위로 쪽진 것이 진기하고 그 중의 여자 노인은 이에 옷 칠을 까맣게 하였다. 웃을 때마다 새까만 이가 보이는 것이 우스웠다.

우리들은 골목길에서 딱지치기를 하면서 놀았다. 그 딱지에는 당시 위인으로 청국의 광서황제 이홍장, 미국 대통령 루스벨트, 일본의 이등박문 같은 것이 그려져 있었다. 앵두 장사의 소리가 하도 사람을 끌고 빨간 앵두가 너무 어여뻐서 큰 길거리까지 나갔더니 붉은 테 모자 검은 양복 총 멘 병정이 군악을 맞추어 지나간다. 나는 얼른 전으로 들어가며 일본 병정이 많이 지나간다고 하였더니 하인들은 「왜 일본 병정은, 대한 병정이지.」하며 웃는다. 그러나 이 병정도 그 수명이 길지 못하였다.

큰길에 나가면 일본인이나 기타 외국인은 흔히 볼 수가 없다. 다만 갓 쓰고 흰 두루마기 입은 사람, 노란 초입 쓰고 분홍 두루마기 입은 사람, 머리 느리고 분홍 두루마기 입은 총각이 길이 메이게 다니고 조선사람으로도 모자 쓴 사람은 별로 없었다.

공동변소가 처음 생기고 순검들이 길가에서 대소변 하는 것을 금하였다. 그때 순검은 경무청이 매인 것으로 거리거리 순포막이 있었다. 백설 같은 흰 양복에 칼을 차고 모자 쓰고 거리에 우뚝 선 것이 어지간히 지나가는 사람의 호기심을 끌었다.

그해에 수도를 처음 놓는다고 수통을 묻는 것을 보았다. 조선 가정에서는 모두 이상하게 알았다. 한강 물을 시내로 끌어들인다는 것이 곧이들리지 않아 하였다. 그래서 나는 일기책에 『비오백년래초견지사야(費伍百年來初見之事也)』라고 부친이 부르는 대로 써 두었다.

신문으로는 대한매일신보 황성신문 기타 여러 가지 신문이 있었으나 제일 환영을 받기는 영국인 배설이가 경영하는 대한매일신보이었다. 당시 정부의 잘못과 시국변동을 여지없이 폭로하였다. 관 쓴 노인도 사랑방에 앉아서 신문을 보면서 혀를 톡톡 차고 각 학교 학생들은 주먹을 치며 통론하였다.

오월 단오가 되었다. 용산 구경과 진고개 구경을 하러 갔었다. 용산에 일본인 행인이 많았다는 것과 진고개에 인형을 많이 늘어놓았던 것밖에 생각이 안 난다. 남대문에 올라갔다. 지금의 남대문은 서편으로 길이 나서 전차와 자동차가 다니게 되고 무수한 행인이 통행하나 그때 남대문에는 양편이 모두 높은 언덕으로 꼭 박히어 동편으로는 지금 야시로(社) 있는 곳으로 빼곡이 성이 쌓여있고 서편으로는 지금 화천정으로 남아 있는 넷 성과 연접하고 사람은 꼭 남대문 안으로만 다니게 되였음으로 늘 문어 귀가 뿌듯하게 다니었다. 문루 옆 성 밑으로 흐르는 초가집이 많이 있고 지금 아스팔트 깔린 길 위에는 높은 언덕이 꼭 붙어 있고 그 언덕에 비스듬한 비탈에 백채밭이 여기저기 있었고 그 백채 바깥에는 탕건 쓴 노인들이 긴장 죽에 담배를 피여 물고 한가로이 이야기를 하였다.

문루에 올라가려 낫가 문루 들어가는 조금만 문에 『금잡인』이라고 써 부쳤다. 그러나 사람들은 역시 많이 들어가 있기로 나도 들어갔다. 여전히 갓 쓴 어른이 많아서 장안을 내려다보며 무슨 이야기를 한다. 장안에서 명절 놀이하는 피리 소리 호적 소리가 들려 온다. 무색옷 입은 아동이 이리저리 몰려다닌다. 세상은 떠들어도 역시 이 백성들만 승평에 취한 것 같다. 붉은 테 모자에 붉은 줄 난 양복을 입은 병정이 몇 명 있었다. 머리꼬리 느린 아이가 모판에 다 지금 「방」을 담아가지고 「면봇떡 사료, 못지떡 사료-」 하고 떠든다. 문루 있는 데까지 얕은 언덕을 파내 이고 언덕에 있든 배 채밧이 흔적조차 없어지고 한가로이 담배 먹든 노인은 저세상에 간지가 오래였을 것이다. 문루에 모였든 어른과 병정도 대개는 죽었을 것이요, 머리 느리고 분홍 저고리 입고 면보떡 사라고 외치든 소년도 지금은 사십세 가까운 중년이 되어 어디서 역시 『조선사람』이란 이름을 가지고 살아갈 것이다.

날은 점점 더워 오는 유월의 어떤 날 어둠침침한 밤이었다니 보다 나이 좀 더 먹은 십오 육 세의 소년이 소곤소곤 이야기를 한다.

「만국공판에 조선 사람이 가서 말을 하였는데 들어 주지를 아니하여 리준이라는 사람은 배를 가르고 창자를 꺼내 그 자리에 내던지고 피를 뿜으며 죽었대」

「인제 난리는 나고 만다.」

하고 지껄였다. 그 이튿날 아침에 일찍 깨니까 우리 칠촌 재당질로 나이는 나보다 십오 세나 위인 청년이 와서 어른들과 이야기하는데 해아 사건으로 하룻밤 동안에 각부 대신이 모두 갇혔다고 한다. 낮에 거리를 나가보니 전방은 모두 문을 다 닫았다. 다만 길에는 총 멘 일병이 위엄을 보이고 지나가며 길에 가는 행인도 급한 걸음을 쳤다. 전차가 불안한 듯이 사람 몇씩을 싣고 지나갔다. 밤에는 대한문 앞에서 연설을 한다고 사람이 모여서면 순사가 헤치고 또 모여서면 헤치고 하였다. 밤이 새도록 시내각처에서는 노방연설을 하고 왼 성중은 물 끓듯 하였다. 갓 쓴 사람들이 길에 가다가 한 사람이 손을 들며 거기 앉아라하면 모두 땅에 가서 꿇어앉는다. 그러면 비분한 연설을 한다. 새벽이 되더니 양위조가 내리고 대한매일신보 호외가 돌았다. 그날 저녁때 총소리가 콩 볶듯 하였으니 이날이 신황제 즉위하시고 군대 해산 한 날이었다. 이 중에 나는 시골로 돌아갔다. 즐비하든 기와집이 차차 없어지고 양관이 들어서며 그 전에 있든 모든 경성의 면영은 사라졌다. 다만 남대문 밖이 옛 면영대로 남아있어 아침저녁으로 기적소리를 들으며 인마가 부절하든 문은 적적하여지고 바람 불고 눈 오는 추운 날이면 날개를 펴서 품어주듯이 그때 대문 뒤에 남루를 입은 조선 소년을 안아 줄뿐이다.

그리운 이십 년 전의 경성

이십 년 전의 경성과 금일의 경성을 누가 같은 경성으로 보랴. 변하더라도 여간 변한 것이 아니다. 첫째로는 사람이 변하였다. 지금에는 본정이라는 문자도 알 수 없는 이름을 지은 데가 그때에는 진고개라 하였다. 행정관청으로는 한성부라는 것이 서대문 외에 있어서 그 장관인 한성판윤이 하였고, 경찰로는 경무청이라는 것이 있어서 경무사, 경무관, 총순권임순검 등 모든 직원이었다. 지금 광화문 앞은 지금도 노인들은 육조 앞이라 하거니와 그때에는 육조는 없었지만 외부, 학부, 법부, 탁지부, 내부, 군부, 농상공부, 아문이 있고 그 안에 대신, 협판, 국장, 참서, 주사 등 백관이 있었다. 원사부시위대, 진위, 등영문이 다 있어서 부장, 참장, 정령, 부령, 참령, 참위, 정교, 참교, 등군관과 병대가 있었고 헌병도 군악대도 있었다. 지금 서대문 경찰서 북인인 적십자병원(전 서대문 형무소 출장소), 통안 전매 국연초 공장, 서대문 내관사 등은 다 그때 육군영문 자리오, 지금도 미장이모군 인력거군 중에 십사 세 넘은 이 중에는 혹은 아어로 혹은 일어로 혹은 한어로 교련을 받던 한국 군인의 유물이 많다.

또 그때에 정동에 각국 영사관이 있었다. 지금 영국영사관은 영국공사관, 아국영사관, 미국영사관은 각각 아국 공관, 미공관이었고 정동 있는 서대문소학교는 본래 법국 공사관이다. 소위 정미칠조약으로 한국의 외교권이 일본으로 넘어가게 되며 이 공사관을 영사관으로 변하고 말았다.

그때 경성의 본명은 한성부다. 한성부에 판윤이 있던 것도 위에 말하였다. 한성부는 동서, 서서, 남서, 북서의 사서로 갈려있다. 서 밑에는 방이 있고 방 밑에는 통이 있고 통 밑에는 호가 있어서 가령 어떤 주소를 쓰려면 한성부 서서청진방 중학동 오통 삼호 이 모양이었고, 한성은 흔히 황성이라고 썼으니 대황제 계신 도성이란 뜻이다. 그때에는 아직 경성은 정이니 통이니 목이니 하는 만고역대에 보지도 못하던 글자를 가진 지명은 없었다. 지금 광화문통이라는 데는 황토현(황토마루), 황금정이라는 데는 동현(구리개), 다옥정이라는데는 상다동(웃다방골) 하다동(아랫다방골)이오, 종로 일정목은 샌전 병문, 종로 사정목은 통안 또는 배오개 병문, 명치정은 명동이오, 약초정은 초동이오, 욱정은 회동이요, 장곡천정 근방은 대공동 소공동이요, 모두 이 모양으로 조선사람이 지은 이름이었다. 신 주인인 일본인에는 그 이름이 불편하니까 삼판통, 의주통, 욱정, 본정이 모양으로 모두 자기네 식으로 고쳐 버리고 말았고 신주인이 고치니까 구주인들도 신명으로 불러야 유식하게 되었고 겨우 노파와 병문 친구들의 입을 빌어 구 시의 지명을 전할 뿐이다.

『오방재가』와 『화양잡화』는 포목전, 지전하는 전자는 『상점』으로 『보행객주』는 『하숙옥영업』 또 『여인숙』으로 몹시 신식을 좋아하는 이는 조선서는 대궐 안에서밖에 못쓰던 『어(御)』자를 붙여서 『어하숙』이라고까지 써 부치고 백호 치고 『상투짜오』가 이발관으로 변하는 것은 당연한 일이겠지만 씨나 『차입납』이 『양』, 『전』으로 변하고 『근함』이 『より』로 변하는 것 같은 것은 조선인의 자주성 없는 표인가 동화성이 부한 표인가.

아는 사람들끼리 길에서 만나서 「야-」, 「요-」하는 것도 구역 안내고는 들을 수 없는 일이다. 『관입지』는 『증명』이 되고 『관찰사』는 『지사』가 되어 불알이 떨어지고 『단속』은 『취체』가 되고 『여상』은 『좌지통상위무지후야(左之通相違

無之候也)가 되고 『세음』은 『감정』이 되고, 『흥정』은 『취인』, 『거간』은 『중매인』, 『간색』은 『견본』이 모양으로 모두 안변하고 못사는 세상이 되어버리고 말았다.

그때에 학교가 몇이나 되었는지 알 수 없다. 그러나 배재학당 이화학당과 관립으로 외국어학교, 육군연성학교 등이 있던 것은 사실이오, 또 일어 학교는 경성학당이라는 것이 꽤 유명하였다. 나는 그중에 하나인 당시 일진회에서 세웠다가 나중에 광무학교가 된 학교의 내용을 말해 보련다. 처음 소공동에 일진회들이 집 하나를 사 놓고 한 사오십 명이나 합숙을 하면서 일어를 배웠다. 그때에 일어교사로 있든 자가 곧 필자이다. 나는 궁장 중영이라는 일본인이 만든《일어독학》이란 책을 일인도 구경하지 못하고 교사도 없이 그야말로 독학으로 암송을 하였다. 그 책은 일어와 한어를 대조한 회화책인데 가명으로도 썼으나 언문으로 일어발음을 쓴 책이라.

일례를 들어 제위의 웃음거리를 삼아볼까.

「고아이사두 아다시마서」 인사합시다.

「아이사두」 인사

「하지메데오메니가가리마스」 처음 뵙니다.

「나다테수가」 위댁이시오.

「와다구시와리서버테수」 나는 이 서방이오.

「긴서버테수」 김 서방이오.

「셔겨시사두니 시다」 상업 시찰하러 왔소.

이 모양이다. 이렇게 배운 일어를 어떤 일복 입은 한인에게 발음교정을 받아 가면서 사오십이 넘은 이도 있었고 최하로는 아마 이십은 넘은 이도 있었다.

이때 공부는 일어와 산술과 지리 역사인 줄만 아는 때인데 일어 교사는 나 같은 것이라도 있지만은 기타 교사는 구할 길이 없었다. 그때에 마침 어떤 일인 하나가 거지꼴을 하고 소공동 학교로 찾아 들어왔다. 일어 실습 할 기회가 생겼다 하여 우리는 그를 환영하였다. 물어본즉 그는 자본도 없고 직업도 없어 갈 곳이 없노라 함으로 곧 그를 일본 교사로 채용하였다. 성명은 오미성조갑 비국인으로 고등소학까지 다녔노라는데 나이는 삼십 육 세에 애꾸눈에 털보, 키는 조그만 사람이었다.

얼마 있는 동안에 그가 산술을 아는 것이 발견되었다. 나는 기뻐서 당장으로 1, 2, 3, 4 등 아라비아숫자를 배우고 가감승제를 차례로 배웠는 데 일주일도 다 못 되어서 제법 배우고 말아서 「인제는 산술 더 없소?」 한즉 「이제는 산술 다 배웠오.」 한다. 나는 산술이라면 퍽 신통한 것으로 알았고 또 무섭게 어려운 것으로 알았는데 이것뿐이라 하니 퍽 싱거웠다. 아무려나 그만이라도 여러 학생들에게 가르쳤다. 그러나 오미는 가지고 온 산술 밑천도 다 떨어져서 간다 온단 말도 없이 없어져 버리고 말았다.

나는 그 익년에 동경으로 갔거니와 산술에도 분수니 비례니 하는 것이 있고 또 산술 비슷하고 산술보다 높은 것에 대수니 기하니 하는 아주 어렵고 신기한 것이 있는 줄 안 것은 훨씬 후였다. 이 모양으로 거의 일 년이나 지나서 광무학교라는 것이 설립되어 지금까지 교사로 있던 나도 생도의 일인이 되었다. 그래서 비로소 일어독본도 배우고 지리도 배우고 또 체조와 철봉도 배웠다. 지리를 중히 역인 까닭이 있다. 옛말에 『상통천문(上通天文)하고 하찰지리(下察地理)』라고해서 지리란 무슨 심히 신비한 학문으로 안 까닭이었다. 지리만 배우면 「어디는 금이 있고 어디는 은이 있고」 한 것을 환히 알 수 있는 것으로 믿었다.

일진회에서 일본에 파견한 유학생을 선택 할 때에 엄-이라고 동회간부가 와서 광무학교 학생에게 일장의 유학 권유 연설을 하였다. 그중에 이러한 구절을 나는 기억한다. 「화학 공부라는 공부가 있는데 그 공부를 하면 십이제국 어디를 가도 상등인이 되어서 화륜차, 화륜선도 공중으로 타고 다닌다. 공부를 한 사람은 모두 일본사람 밖에 아직 없다」. 그 화학이라는 것이 분명히 화학(化學)이란 뜻이겠지만 그때에 들을 때에는 그사이 무엇인지 모름으로 「대체 좋은 공부도 있지 나는 가면 화학 공부를 하리라」하고 나는 굳게 결심하였다. 아무려나 이처럼 당시에는 신문명으로 일종 신비 불가사의한 것으로 보고 또 이처럼 동경하였던 것이다.

모두 호랑이 담배 먹을 적 이야기나 조선에 철도라고는 경부선 경인선밖에 없었고 이십 년 후에는 원가로 한국 정부에 매도한다고 계약으로 경의선 철로 공사가 한창 진행되었다. 그러나 경성에 전차는 있었다. 법인골 불안과 광무제와 합자로 청량리에서 구룡산까지와 종로서 서대문정류장(금무) 전까지의 전차선이 있었다. 전차는 지금 것과 달라 중앙에 상등실이 있고 전후에는 하등이 있어서 벽도 없이 좌우를 자유로 승강하게 되었다. 이때에 머리를 깎은 것은 군대의 일부분과 야소교인과 일진회원뿐이었다. 병정과 순사들도 강건을 도트리 같이 동여고 그 위에 『삽보』를 써서 군모차양 밑을 강건 편자가 살짝 보이는 모양이 운치 있었다. 그러나 얼마 지나지 않아 그때의 끝이 뾰족한 투구를 쓰신 사진이 방간에 전하게 되자 상투들이 세를 일어나 날이 떨어져 버렸다.

근래에 보천교도들이 상투를 숭상하게 되어 단절되어가든 상투의 운명이 얼마쯤 길어지게 되었다. 실상 조선인은 상투를 너무 일찍 잘라버렸다. 망건과 갓 감투 대신에 쓰고 다닐 의관이나 장만해 놓고 잘랐다면 좋을 것을 너무도 급히 잘라버려서 아직도 제 의관조차 제 손으로 만들지 못하는 백성이 되어버리고 말았다. 조선인은 그 상투로 더불어 모든 옛 걱정 말 모든 것을 다 내어버리고 그가 마치 대판제의 모자를 머리에 이고 다니는 모양으로 남의 통치와 남의 사상을 머리에 이고 다니는 허수아비가 되어버리고 말았다. 그중에 나 같은 못난이는 상투에 옛날 컴컴하고 구린내 나던 이십 년 전의 서울과 조선을 그리워하고 울게 되었다. 그러나 그것은 돌아오지 못할 과거다. 다만 회억의 눈물을 흘리는 것만이 나의 자유에 남았다. 1929

이상

방랑의 도시

이상

1910.9.23~1937.4.17

시인이자 소설가, 삽화가, 건축가

본명 김해경(金海卿). 1929년 경성고등공업학교 건축부를 수석으로 졸업하며 조선총독부 내무국 건축과 기수로, 조선 건축화 정회원으로 건축가 생활을 하였고, 《조선과 건축》 표지 도안을 그리기도 했다. 하지만 1931년에 폐결핵 진단을 받고, 1933년 폐결핵 심화로 요양을 떠난다. 건축을 떠났음에도 여러 시에서 건축적 미학을 담았고, 「건축무한육면각체」 등의 시도 발표했다. 요양 차 머물던 곳에서 만난 기생 금홍과 돌아와 제비 다방을 종로에 개업하였고, 같은 해 구인회와 교류하며 여러 시를 발표한다. 1935년 경영난으로 제비 다방을 폐업하고 금홍과도 결별하며, 1936년 6월 변동림과 결혼한다. 같은 해 단편소설 「날개」, 「지주회사」가 발표되었다. 1937년 2월 동경에서 사상 혐의로 체포되었다가 폐결핵 악화로 출감하지만, 동경제국대학 부속병원에서 죽음을 맞는다.

산책의 가을

여인 유리장 속에 가만히 넣어 둔 간스메, 밀크, 그렇지 구멍을 뚫지 않으면 밀크는 안 나온다. 단홍백 혹은 녹색, 이렇게 색색이 칠로 발라 놓은 라벨의 아름다움 외에 그리고 의외에도 묵직한 포옹의 즐거움 밖에는 없는 법이니 여기 가을과 공허가 있다.

비 오는 백화점의 고요함. 사람이 없고 여러 상품과 재화가 내 그림자나 조용히 보존하고 있는 거리에 여인은 희붉은 종아리를 걷어 추켜 연분홍 스커트 밑에 야트막히 묵직이 흔들리는 곡선! 라디오는 점원 대표 서럽게 애수를 높이 노래하는 가을 스미는 거리에 세상 것 다 버려도 좋으니 단 하나 가지가지 과일보다 훨씬 맛남 직한 복숭아빛 종아리 고것만은 참 내놓기가 아깝구나.

윈도우 안의 석고상- 무사는 수염이 없고, 비너스는 분 안 바른 살갗이 찾을 길 없고 그리고 그 장황한 자세에 단념이 없는 윈도우 안의 석고다. 소다의 맛은 가을이 섞여서 정맥주사처럼 차고 유니폼 소녀들 허리에 번쩍번쩍하는 깨끗한 밴드, 물방울 낙수지는 유니폼에 벌거벗은 팔목 피부는 포장지보다 정한 포장지고 그리고 유니폼은 피부보다 정한 피부다. 백화점 새 물건은 포장 밴드를 끄나풀처럼 꾀어들고 바쁘게 걸어오는 상자 속에는 물건보다도 훨씬 훨씬 호기심이 더 들었으리라.

여름은 갔는데 검둥 사진은 왜 허물이 안 벗나. 잘된 사진의 간줄 간줄 한 소녀 마음이 창백한 월광 아래서 감광지에 분 바르는 생각 많은 초저녁이다. 과일가게는 문이 닫혔다. 유리창 안쪽에 과일 호흡이 어려서는 살짝 향기로운 냄새의 복숭아가 있다. 비밀도 가렸으니 이제는 아무도 과일 사러 오지는 않으리라. 과일은 마음껏 굴려 보아도 좋고 덜 익은 수박 같은 주인 머리에 부딪쳐 보아도 좋건만 과일은 틀림없다. 복숭아에 바나나에.

인쇄소 속은 죄 좌(左)다. 직공들 얼굴은 모두 거울 속에 있었다. 밥 먹을 때도 일일이 왼손이다. 아마 또 내 눈이 왼손잡이였는지 모르지만 나는 쉽사리 왼손으로 직공과 악수하였다. 나는 교묘하게 좌(左)된 지식으로 직공과 회화하였다. 그들 휴게와 대좌하여 그런데 웬일인지 그들의 서술은 우(右)다. 나는 이 방대한 좌와 우의 교차에서 속 거북하게 졸도할 것 같기에 그냥 문밖으로 뛰어나갔더니 과연 한 발자국 지났을 적에 직공은 일제히 우로 돌아갔다. 그들이 한인(閑人)과 대화하는 것은 꼭 직장 밖에 있는 조건인 것을 알 수 있었다.

청계천 헤벌어진 수채 속으로 비행기에서 광고 삐라가 뿌려진다. 고향의 동해는 거의 삐라같이 삐라를 주우려고 떼지었다 헤어졌다 지저분하게 흩날린다. 마꾸닝(マクニン, Macnin) 회충 구제 그러나 한 동해도 그것을 읽을 줄 모른다. 향국의 동해는 죄다 회충이다. 그래서 겨우 수챗구멍에서 노느라고 배 아픈 것을 잊어버린다. 동해의 양친은 쓰레기라서 너희 동해를 내다 버렸는지는 모르지만 빼빼 마른 송사리처럼 통제 없이 왱왱거리며 잘도 논다.

롤러스케이트장의 요란한 풍경, 라디오 효과처럼 이것은 또 계절의 웬 계절 위조일까. 월색이 푸르니 그것은 흡사 교외의 음향! 그런데 롤러스케이트장은 겨울이다. 이 땀 흘리는 겨울 앞에 서서 찌꺼기 여름은 소름 끼치며 땀 흘린다. 어떻게 저렇게 겨울인 체 잘도 하는 복사 빙판 위에 너희 인간들도 결국 알고 보면 인간모형인지 누구 아느냐.

1934

첫 번째 방랑

통화(通化)는 시골이라고들 한다. 그리고 아직껏 위험하다고들 한다. 그는 진도 모양의 끈 달린 지팡이를 가지고 있었다. 나는 그것이 금세 칼집에서 불쑥 알맹이를 드러내는 것이나 아닌지 겁이 났다. 나는 또 그에게 아편을 본 적이 있느냐고 물어보았다. 그가 어떤 대꾸를 했는지, 그건 잊어버렸다.

그-그는 작달막하고 예쁘장하게 생긴 사나이다. 안경 쓰는 걸 머리에 포마드 바르는 것처럼이나 하이칼라로 아는 그는 바로 요전까지 종로의 금융조합에 근무하고 있었단다. 그가 나를 어떻게 생각하고 있는지는 모르지만, 나는 그를 아주 사람 좋고 순진하고 인정이 넘치는 사람인 줄 알고 있다. 그를 멸시할 생각도 자격도 나에겐 추호도 있을 수 없다. 그리고 그는 현재 만주의 통화라는 곳에 전근해 있다고 하지 않는가.

오랜만에 돌아온 경성은 정답기 그지없다고 한다. 경성을 떠나고 싶지 않다. 카페 그리고 지분(脂粉) 냄새도 그득한 바 하며 참으로 뼈에 사무치게 좋다는 게다. 통화는 시골이라 오락 기관-그의 말을 따르면-같은 것이 통 없어서 쓸쓸하단다.
나는 그의 말에 일일이 고개를 끄덕여 보였다. 실상 나는 그 방면의 일은 제법 잘 알고 있을 것 같으면서 조금도 그렇지 못한 것인데, 그는 자꾸만 그런 것에 대해 고유명사를 손꼽아 대곤 나를 깜짝깜짝 놀라게 하는가 하면, 또 나아가서는 사계(斯界)의 종업자인 나보다도 이처럼 많은 것을 알고 있다는 걸 뽐내 보임으로써, 그 천생의 도락 벽에다 여하히 달콤한 우월감을 더해 볼까 하는 속셈인 것 같으나, 나는 또 나로서 사실 말이지 그의 여러 가지 이야기에 고분고분 경의를 표하지 않을 수 없는 노릇이었다.
그의 하찮은, 한 번에 3원 정도의, 좀 더 소규모로는 5, 60전의 도락은 정말 싫증 나는 법이 없는가 보다. 그는 또 무엇보다도 금수강산으로 이름난 평양에 한나절 놀고 싶다고도 했다. 평양기생은 예쁘다. 하지만 노는 상대는 어쩐지 기생은 아닌 성싶다. 그와 얘기한다는 건 한없이 나를 침묵케 하는 일이다. 그가 하는 이야기에 일일이 감탄을 표하고 있지 않으면 안 되니 말이다.
나는 얘기해서 그를 감격케 할 만한 아무것도 갖지 않았다. 나의 이야기는 그가 그저 괴상하다는 느낌만 들게 할 따름이리라. 첫째, 나는 나의 초라한 행색을 어떻게 변명해야 좋을는지를 알지 못한다. 그는 나의 이 빈약한 꼴을 비웃을 것에 틀림없다. 나로선 그것은 참기 어려운 노릇이다.

나의 여행은 진실로 모파상식이라는 것을 그에게 설명해 주고 싶다. 허나 나의 혼탁한 두뇌는 그것을 어떻게 설명해야 좋을지 엄두가 나지 않는다. 나는 입을 다물고 그저 무턱대고 초조해하는 수밖엔 없다. 집을 나설 때, 나는 역에서 또 기차간에서 아무하고도 만나지 않았으면 싶었다. 다행히 역에는 아무도 없다. 내가 아는 사람은 아무도 없었다. 나의 이 뭐가 뭔지 알 수 없는 여행에 대해 변명을 하는 것은 정말이지 나로선 괴로운 일이다. 나는 기차간에서도 아무하고도 만나지 않았으면 싶었다.

그는 이렇게 언짢은 얼굴을 한 나를 보고, 참으로 치근치근하게 인사를 했다. 나는 애써 얼굴에 웃음을 지으면서 한동안 어리둥절해 있었다. 그는 그런 일에는 무관심한 모양이다. 나그넷길에 길동무 어쩌고 하면서, 그는 자진해서 그의 만주행이 얼마만큼 장도의 여행인가를 설명한다. 경성 신의주 6시간 하고도 20분, 스피드 업한 국제열차 아니

고선 그를 만족시킬 수는 없다고 그런다. 그러나 그는 여태 비행기라는 편리한 교통기관이 있다는 사실을 알지 못하는 것만 같다.

나는 왜 이렇게 피로해 있는가에 대하여 생각해 보았다. 어제는 엊그제 같기도 하고, 또한 내일 같기조차 하다. 나에겐 나의 기억을 정리할 만한 끈기가 없어졌다. 나는 이젠 입을 다물고 있는 수밖엔 별도리가 없었다. 거대한 바위 같은 불안이 공기와 호흡의 중압이 되어 마구 짓눌렀다. 나는 이 야행열차 안에서 잠을 자지 않으면 아니 된다. 미지의 사람들이 우글거리는 차내의 한구석에서, 나의 눈은 자꾸만 말똥말똥해지기만 한다.

그는 이윽고 이 불손하기 짝이 없는 사나이한테 이야기하는 것이 얼마나 부질없는 노릇인가를 깨달았던 것일까. 비스듬히 맞은편 좌석에 누이동생인 듯한 열 살쯤 난 여자아이를 데리고 있는 한 여학생 차림의 얌전한 여인 위에 그의 주의를 돌리기 시작한다. 나처럼 그는 결코 여인을 볼 때에 눈을 번쩍이거나 하지 않는다. 느슨한 먼 풍경을 바라보는 사람과 같이 그야말로 평화스럽다. 평화스러운 눈매 그것이다.

나도 그 여자 쪽을 본다. 잘생기지는 못했다. 그러나 꽤 감성적인 얼굴이다. 살찐 듯하면서도 날렵하게 야윈 정강이는 가볍고 또 애처롭다. 포도를 먹었을 때처럼 가무스레한 입술이다. 멀리 강서 근처에서 폐를 요양하는 애인을 생각하는 그런 표정이었다. 나는 모든 것을 잊어버리지 않으면 아니 된다. 나 자신을 암살하고 온 나처럼, 내가 나답게 행동하는 것조차도 금지되지 않으면 아니 된다.

『세르팡』을 꺼낸다. 아폴리네르(Guillaume Apollinaire)가 즐겨 쓰는 테마 소설이다. 「암살당한 시인」. 나는 신비로운 고대의 냄새를 풍기는 주인공에게서 '벤 케이'를 연상한다. 그러나 그것은 시인이기 때문에, 낭만주의자이기 때문에, 저 벤 케이와 같이 결코 화려하지는 못할 것이다. 글자는 오수처럼 겨드랑이 밑에 간지럽다. 이미지는 멀리 바다를 건너간다. 벌써 바닷소리마저 들려온다. 이렇게 말하는 환상 속에 나오는 나, 영상은 아주 반지르르한 루바슈카를 입은 몹시 퇴폐적인 모습이다. 소년 같은 창백한 털북숭이 풍모를 하고 있다. 그리곤 언제나 어느 나라인지도 모를 거리의 십자로에 멈춰 서 있곤 한다.

나는 차가운 에나멜의 끝이 뾰족한 구두를 신고 있다. 나는 성큼성큼 걷기 시작한다. 얼마 후 꿈같은 강변으로 나선다. 강 저편은 목멘 듯이 날씨가 질척거리고 있다. 종이 울리는가 보다. 허나 저녁 안개 속에 녹아 버려 이쪽에선 영 들리지 않는다. 나처럼 창백한 얼굴을 한 청년이 헌책을 팔고 있다. 나는 그것들을 뒤적거린다. 찾아낸다. 나카무라 쓰네(中村彝)의 자화상 데생 말이다.

멀리 소년의 날, 린시드 유(linseed oil)의 냄새에 매혹되면서 한 사람의 화인은 곧잘 흰 시트 위에 황달색 피를 토하곤 했었다. 문득 그가 페이지를 넘기는 소리가 났다. 이건 또 어찌 된 셈일까? 그도 열심히 책을 읽고 있다. 그리고 미간에 주름살마저 잡혀있지 않는가. '킹구' 이 천진한 사나이의 마음을 아프게 하는 그 어떤 기사가 그 속에 있다는 것일까?

나는 담배를 피우듯이 숨을 쉬었다. 그 아가씨는? 들녘처럼 푸른 사과 껍질을 깎고 있다. 그 옆에서 저 여동생 같기도 한 소녀는 점점 길게 드리워지는 껍질을 열심히 응시하고 있다. 독일 낭만파의 그림처럼 광선도 어둡고 심각한 화면이다.

나는 세상 불행을 제가끔 짊어지고 태어난 것 같은 오욕에

길든 일족을 서울에 남겨두고 왔다. 그들은 차라리 불행을 먹고 살고 있는 것인지도 모른다. 그들은 오늘 저녁도 또 맛없는 식사를 했을 테지. 불결한 공기에 땀이 배어 있을 테지. 나의 슬픔이 어째서 그들을 진심으로 사랑할 수 없는가? 잠시나마 나의 마음에 평화라는 것이 있었던가. 나는 그들을 저주스럽게 여기고 증오조차 하고 있다. 그렇지만 그들은 멸망하지 않는다. 심한 독소를 방사하면서, 언제나 내게 거치적거리며 나의 생리에 파고들지 않는가. 지금 야행열차는 북위를 달리고 있다. 무서운 저주의 실마리가 엿가락처럼 이 열차를 쫓아 꼬리가 되어 뻗쳐 온다. 무섭다, 무섭기만 하다.
나는 좀 자야겠다. 허나 눈꺼풀 속은 별의 보슬비다. 암야(暗夜)의 거울처럼 습기 없이 밝고 맑은 눈이 자꾸만 더 말똥말똥하기만 하다. 책을 덮었다. 활자는 상(箱)에게서 흘러 떨어졌다. 나는 엄격한 자세를 하지 않으면 아니 된다. 나는 이젠 혼자뿐이니까.

사람들은 모두 잠이 들어 있다. 그것이 나에겐 아무래도 이상스럽기만 하다. 어째서 앉은 채 사람들은 잠자는 것일까? 그러한 사람들의 생리조직이 여간 궁금하지 않다. 저 여학생까지도 자고 있다. 검은 드로어즈가 보인다. 허벅다리 언저리가 한결 수척해 보인다. 피는 쉬고 있나 보다. 가만히 들여다보니 그 얼굴은 몹시 창백하다. 슬픈 나머지 울고 있는 것처럼 보이기까지 한다.

기차는 황해도 근처를 달리고 있는 모양이다. 가끔가끔 터널 속에 들어가 숨이 막히곤 했다. 도미에(Honoré Daumier)의 「삼등 열차」가 머리에 떠올랐다. 나는 고양이처럼 말똥말똥해서 단정히 앉아 있었다. 이따금 포즈를 흩트려 잠잘 수 있을 만한 자세를 해본다. 하지만 그것은 부질없이 뼈마디를 아프게 하는 이외의 아무것도 아니다. 나는 체념한다. 해저에 가라앉는 측량기처럼 나는 단정히 앉아 있다.

창밖은 깊은 안개다. 아무것도 안 보인다. 능형으로 움직이는 차창의 거꾸로 비친 그림자에 풀 같은 것들의 존재가 간신히 인정된다. 내가 앉아 있는 쪽으로 이건 또 누구일까, 다가오는 기척이 난다. 나는 반사적으로 고개를 그쪽으로 돌린다. 지극히 키가 큰 사람이다. 중대가리다. 입을 한일자로 다물고 있다. 눈엔 독기를 띠고 있는 것 같기만 했다. 옆에까지 온 그 사람은, 별안간 무엇을 떨어뜨리기나 한 것처럼 커다란 소리를 내었다. 나는 오싹했다. 하지만 몸이 움직여지지 않는다. 지나가는 무슨 악귀처럼 그 사람의 맞은편 도어를 열고 다음 찻간으로 자취를 감추었다. 이게 어찌 된 일일까. 저 금융조합 사나이가 가지고 있던 진도 모양의 단장을 넘어뜨렸던 것이다. 그는 잠이 깨지는 않았다. 이건 또 어찌 된 일일까. 사람들은 답답한 숨들을 쉬었다. 개중엔 커다라니 입을 벌리고 있는 사람조차 있었다. 폐들은 풀무처럼 소리 내어 울렸다.

탁한 공기는 빠져나갈 구멍을 잃고 있다. 송사리 떼 같은 세균의 준동이 육안에도 보이는 것만 같다. 나는 코를 손가락으로 집어 봤다. 끈적거리면서 양쪽 벽면은 희미한 소리마저 내면서 부착했다. 나는 더 숨을 쉴 수가 없다. 정신이 아찔했다. 안면은 순식간에 빨갛게 물들어 갔다. 다시마가 집채 같은, 콘크리트 같은 파도에 흔들리고 있는 것이 보였다. 일순간 그들 다시마는 뱀장어로 변형돼 갔다. 독기를 품은 푸르름이 나의 육체를 압착했다. 나를 내부로 질질 끌고 갔다. 이제 완전히 나는 선머슴애가 되고 말았다.

세월은 나의 소년의 것이다. 나는 가련한 아이였다. 풀밭이 먼 데까지 펼쳐져 있다. 언덕 너머 목초 냄새가 풍겨 온다. 빨간 지붕이 보였다. 여기는 대체 어디란 말인가? 나의 눈에 거대한 괴물이 비쳤다. 그것은 점점 멀어져 가는 것 같았다. 나는 이제 놀라지 않는다. 이렇게 내 손은 희다.

이 사나이는 또다시 저 진도처럼 생긴 단장을 넘어뜨렸던 것이다. 이 무슨 경망스런 작자일까. 그건 그렇다 치더라도 아까 넘어졌던 그걸 일으켜 단정히 세워 놓은 사람은 누구일까. 나는 그것을 보지 않는다. 그런데도 그것은 얌전하게 서 있지 않으면 안 된다는 이치인 것이다. 그렇다 치더라도 또 나는 이 무슨 환상의 풍경을 눈앞에 본 것일까. 나는 그만 꾸벅꾸벅 졸았던 모양이다. 그러는 동안에 어쩌면 누군가가 내 옆을 지나갔을 것이다. 그리고 저 단장을 일으켜 놓은 모양이다. 저 사나이는 아직도 잠에서 깨어나지 않고 있다.

몹시 문을 두드려대는 소리로 해서 나의 의식은 한층 또렷해졌다. 내 앞에서 저 진도처럼 생긴 단장이 뒹굴어 있다. 나는 반쯤 조소로써 그것을 응시하고 있다. 그것은 어째 알맹이가 없는 그저 그런 장님 진도인 것 같다. 사람들은 저런 걸 사는 것이다. 이걸 만든 사람은 그것을 알고 있었기에 바로, 저 얼토당토않은 물건을 만들었을 것이다. 나는 그것을 짚어 보았다. 나는 단장 휘두르기를 좋아한다. 머리가 민짜인 그 단장은 휘두를 수는 없다. 나는 발밑 풀을 후려쳐 쓰러뜨리는 그런 시늉을 해 보았다. 풀을 건드리지 않고 단장은 날카롭게 공기를 베었다. 나는 또 그 끝으로 흙을 눌러 보았다. 시뻘건 피 같은 액체가 아주 조금 배어 나왔다. 나는 몸에 가벼운 그러나 추위에 충분히 대비할 수 있는 고귀한 양복을 입고 있었다.

내 눈앞에서 한 여인이 해산을 하고 있다. 치골 언저리가 몹시 아프다. 팔짱을 끼듯 나는 그 애처로운 광경을 그저 바라만 보고 있다. 팔꿈치 언저리는 딱딱한 책상이다. 책상 위엔 아무것도 없다. 말소리가 유리를 뚫고 맑게 울리는 시골 사투리가 되어 들려왔다. 그것들은 더없이 즐겁다. 그리고 좀 시끄럽기조차 하다.

나는 개떼한테 쫓기고 있었다. 나는 쏜살같이 달아난다. 이윽고 나의 속도는 개들의 그것보다 훨씬 뒤진다. 개들의 흙투성이 발이 내 위에 포개졌다. 무수한 체중이 나를 짓누른다. 개들은 나를 쫓고 있는 것은 아니리라. 나를 밟고 넘어선 나의 전방 먼 저쪽 방향을 향해 달려가는 것이었다. 그렇다 치더라도 이건 또 어쩌면 이렇게도 숱한 개의 수효란 말인가.

열차는 멈춰 있었다. 밤안개 속에 체온을 증발시키고 있었다. 턱수염인 것처럼 때때로 기관차는 뼈 돋친 숨을 쉬었다. 차창 밖을 흘깃 내다보았더니 이건 또 유령의 나라 순사인가. 금빛 번쩍거리는 모자를 쓴 사람이 습득물 바퀴 하나를 가지고 우두커니 서 있다. 이윽고 태엽을 감기나 한 듯이 종종걸음으로 걷기 시작했다. 그 순간 그의 얼굴에 어디선지 불이 옮겨붙었는가 하자, 이미 그 모습은 무슨 방대한 어둠의 본체 속으로 빨려들어 보이지 않게 되었다.

나는 모골이 송연했다. 보아선 아니 된다. 나는 또 그 무슨 참혹한 광경을 목도한 것일까. 그런 생각을 하고 있자니까 내 귀에 산 같은 것이 무너져 떨어졌다. 내 귀는 멀어 있었던가. 그것은 남행의 국제특급인 것 같았다. 그렇다 치더라도 내 귀는 멀어 있었던가. 아무것도 남기지 않고, 그리고 모든 것을 남기고 또 하나의 야행열차는 밤공기의 차고 눅눅한 기운 때문에 흠씬 젖은 덩치를 엇 비비듯 지나쳤다. 누군가가 슬픈 음색으로 기적을 불었다. 그렇게 느껴졌다. 마을은 보이지 않는다. 마을은 잠든 사이에 멸형(滅形)되었나 보다.

개찰구에 홀로 우두커니 기대고 있던 백의의 사람이 에스컬레이터처럼 움직이기 시작했다. 금빛을 번쩍거리던 사람은 다시 어디선가 나타나서 엄숙하게 거수경례를 해 보였다. 나는 내심 혀를 날름 내밀었다. 이건 혹시 장난감 기차인지도 모른다. 진짜 기차는 어딘가 내 손이 결코 닿을 수 없는 위대한 지도 위를 달리고 있는 것이나 아닌지 그렇게 나는 생각해 보았다.

내 곁의 그는 어느새 잠이 깨고 그 진도처럼 생긴 단장을 턱에 짚고 눈을 깜박거리고 있었다. 고쳐 앉은 나를 향해 지금 엇갈려 간 열차는 히카리 열차가 분명하다고 말하는 것이었다. 나는 그렇고말고 하듯 끄덕여 보였다.

그는 만족한 듯 그 히카리 호의 속력이 어떻게 절륜적(絶倫的)인 것인가에 대해 그 체험을 이야기했다. 그것은 얼마나 드물게밖엔 정차하지 않는가에 의해 증명되는 것이라고 한다. 그리고 그는 슈트케이스에서 사륙 반절 형 소책자와 담배 케이스를 꺼냈다. 만주 담배라도 들어 있나

했더니, 그것은 만주에서 샀다는 케이스였다. 그때 그의 슈트케이스의 내용이 얼마나 빈약한가를 목격하고 말았다. 그 흔해 빠진 여송연 한 개비를 나에게 권했다. 나는 그것을 피우리라. 이미 이 야행열차 속에 10년 전의 그 커다란 잎 그대로의 칙칙한 연기를 볼 수는 없다. 그들은 먼 조상의 담뱃대를 버리고 우습기 짝이 없는 궐련을 피우는 대 또는 오동 파이프를 입에 물고 있다. 그들 중 누군가는 그 맛의 미흡함과 자신의 어지간히 큰 덩치에 비해 파이프가 너무나 작은 멋쩍음으로 해서 눈에서 주르르 눈물마저 흘리고 있는 것이었다. 구토가 자꾸만 치밀어 목은 좌로 향하고 우로 향했다. 무거운 짐짝 같은 두통이 눈구멍 속에 있었다. 이것은 분명 불결한 공기 탓이리라. 이 불결한 공기로부터 잠시나마 도망치지 않으면 안 되겠다.

승강구에 섰다. 요란한 음향이다. 철과 철이 맞부딪는 대장간 같은 소리는 고통에 넘쳐 있다. 나는 산소로만 만들어졌다고 할 수밖에 없는 시원한 공기를 마시면서, 이 정수리를 때리는 것만 같은 음향에 익숙하려 했던 것이다. 공기는 냉랭한 채 머리털에 엉겨 붙었다. 이마에 제법 차가운 손이 얹히는 것만 같았다. 사람을 초조하게 하는 이 음향에 어서 익숙했으면 좋겠다.

승강구에 멈춰 서 보았다. 몸은 좌 혹은 우였다. 아직 머리는 비슬거리고 있나 보다. 소변을 누어 보는 것도 좋겠다. 달리는 기차 위로부터 떨어지는 소변은 가루눈처럼 산산이 흩어져, 그것은 땅바닥에 가닿지도 못할 것이다. 이때 나의 등 뒤에서 차량과 차량과의 접속해 있는 부분의 복잡한 기계를 만지작거리는 사람이 있다. 차장일 테지. 그렇다 하더라도 익숙한 손짓이다. 나는 소변을 보면서 귀찮은 일은 그만 잊어버리기로 했다.

언제까지나 무엇을 저렇게 만지작거리는 것일까. 고장이 난 것일까. 그런 일이 있어서야 어디 되겠는가. 그렇더라도 너무 시간이 길다. 나는 더 참을 수가 없다. 돌아다보기로 하자. 아니 이거 아무도 없구나. 가느다란 공기 속에서 그전처럼 철과 철이 광명단(光明丹)을 가운데 끼고 맞부딪고 있다. 그리고 슬픈 소리를 내고 있다. 나의 소변은 어이없게 끝나 버렸다. 이젠 이 이중 이부(二部)로 이루어진 음향에 익숙해져야 한다. 나는 먼 곳을 바라다보기로 했다.

거기엔 경치랄 것이 없다. 모든 것을 삼켜 버린 방대한 살기가 어디까지나 펼쳐져 있다. 저 안개같이 보이는 것은 실은 고열의 증기일 것이 분명하다. 이 무슨 바닥없는 막대한 어둠일까. 들판도 삼켜졌다. 산도 풀과 나무를 젊어진 채 삼켜져 버렸다. 그리고 공기도, 보아하니 그것은 평면처럼 얄팍한 것 같기도 하다. 그것은 입체가 없기 때문이다. 그것은 이미 헤아릴 수 없는 심원한 거리를 그득히 담고 있다. 그 심원한 거리 속에는 오직 공포가 있을 따름이다.

반짝이지 않는 별처럼 나의 몸은 오므라들면서 깜박거리고 있었다. 이미 이것은 눈물과 같은 희미한 호흡일 수밖에 없다. 그러나-나는 핸들을 꽉 붙잡고 있다. 차가운 것이 흐르고 있다. 나는 그것을 놓을 수는 없다-저 막대한 공포와 횡포의 아주 초입은 역시 조그마한 초원, 그것은 계절의 자잘한 꽃마저 피우고 있는, 목초가 있는 약간의 땅인 것 같다. 실상 일전에 이 열차의 등불 있는 생명에 매달리려고 필사의 아우성을 치면서-그것은 내 마음을 아프게 하기에 충분하다.

저기 멈춰 서자. 메마른 한 그루의 나무가 있으면 그것에 산책자이듯이 기대서자. 거창한 동공이 내 위에 쏟아진다.

나는 그것에 놀라면 안 된다. 아름다운 시를 상기한다. 또는 범할 수 없는 슬픈 시를 상기한다. 그리곤 고개를 수그리면서 외워 본다. 공포의 해소는 얼마쯤 멀어진다. 그러나 아무것도 보이지는 않는다. 내 손에는 어느새 은빛으로 빛나는 단장이 쥐어져 있다. 그것을 가볍게 휘둘러본다.
그리하여 나는 무엇을 기다리고 있는 것일까. 이윽고 사람들은 오고야 말 것이다. 오오, 아직 이 살벌한 몽몽한 대기는 나를 위협하고 있다. 하현달이다. 굳이 나는 아름답다고 본다. 그것은 몹시 수척한 심각하게 표정적인, 보는 눈에도 가엾게 담배 연기로 혼탁해 있는 달이다. 함성을 지르기엔 아직 이르다. 공포의 심연 속에는 분노의 호흡이 들린다. 이젠 사람들이 와도 좋을 시기다.
왔다. 일순, 달은 분연(噴煙)을 울리고 자취를 감추었다. 사람들은 철을 운반해온 것이다. 사람들은 묵묵히 다가온다. 다만 철과 철이 알몸인 채 맞부딪고 있다. 나의 귀는 동굴처럼 그러한 음향들을 하나하나 반향 한다. 아니, 이건 또 후방으로부터 오나 보다. 그렇다면 난 방향을 잘못 잡고 서 있는 것일까. 이건 반의를 품고 있는 것 같다. 이건 단 혼자인 것 같다. 나는 아찔했다. 나는 상아처럼 차갑게 가늘어지면서 뒤를 돌아다보았다. 거기엔 아무도 없다. 나는 끝끝내 대지를 분실하고 말았다.

나는 나의 기억을 소중히 하지 않으면 안 된다. 나의 정신에선 이상한 향기가 나기 시작했으니 말이다. 이 뼈만 남은 몸을 적토 있는 곳으로 운반하지 않으면 안 되겠다. 나의 투명한 피에 이제 바야흐로 적토색을 물들여야 할 시기가 왔기 때문이다. 적토 언덕 기슭에서 한 마리의 뱀처럼 말라 죽을지도 모르지만, 나는 아름다운-꺾으면 피가 묻는 고대스러운 꽃을 피울 것이다.

이제 모든 사정이 나를 두렵게 하고 있다. 사람들이 평화롭다는 그것이, 승천하려는 상념 그것이, 그리고 사람들의 치매증 그것마저가 그러한 온갖 위협을 나는 참고 견디지 않으면 안 된다. 그러한 것들의 침범으로 정신의 입구를 공허하게 해서는 안 된다. 끝없는 어둠에 나의 쇠약한 건강은 견디어 내지 못하는가 보다. 나는 이 먼데 공포로부터 자진 도피를 하지 않으면 안 된다.

등불이 어스름하다. 이건 옥체실(屋體室)임에 틀림없다. 공기는 희박하다-아니면 그것은 과중하게 농밀한가. 나의 폐는 이런 공기 속에서 그물처럼 연약하다. 전실에 한 사람 몫 공기 속에 가사(假死)의 도적이 침입해 있는가 보다. 이 무슨 불길한 차창일까. 이 실내에 들어서는 즉시 두통을 앓지 않으면 안 되다니.

승강대에 다시 서서 저 어둠 속을 또 바라보았다. 이건 또 별과 달을 삼켜버리고 있다. 악취로 가득 차 있을 테지. 머리 위 하늘을 찌르는 곳에 한 그루 나무가 보였다. 그것은 거멓게 그을은 수목의 유적일 것이다. 유령보다도 처참하다. 몽몽한 대기가 사라지고 투명한 거리는 한층 더 처참하다. 그 위를 거꾸로 선 나의 그림자가 닳아 없어지면서 질질 끌려간다.

8월 하순이다. 이 요란하기 짝이 없는 음향 속에 애매미 소리가 훨씬 선명하다는 건 이상한 일이다. 그들은 저 어둠에 압살 되었을 것이다. 따스한 애정이 오한처럼 나를 엄습한다. 또 실로 오전 3시의 냉기는 오한이나 다름없다. 일순 나는 태고를 생각해 본다. 그 무슨 바닥없는 공포와 살벌에 싸인 저주의 위대한 혼백이었을 것인가. 우리는 더 더구나 행복하지 않으면 안 된다. 식어 가는 지구 위에 밤낮없이 따스하니 서로 껴안지 않으면 안 될 것이다.

역마다 정지한다는 이 열차가, 한 번도 정차하지 않았다.

적어도 나의 기억엔 없다. 나는 그것을 모조리 건망하고 있나 보다. 먼동이 트여올 것이다. 이윽고 공포가 끝나는 장엄한 그리고 날쌘 광경에 접하게 될 것이다.
그러나 언제까지나 그것은 어둠의 연속이다. 하지만 이미 이젠 저 해룡의 혀 같은 몽몽한 대기는 완전히 가시었다. 나는 하늘을 쳐다보았다. 시원한 공기가 폐부에 흐르고, 별들이 운행하는 소리가 체내에 상쾌하다. 어느 틈엔가 별의 보슬비다. 그리고 수줍어하듯 하늘은 엷은 은빛으로 빛나기 시작했다. 별은 한층 더 기쁜 듯이 반짝인다. 수목이 시원스러운 녹색을 보이는 시간은 언제쯤일까. 나무들은 움직이는 것처럼 보이기도 한다.
아주 딴 방향으로부터 저 하현달이 다시금 모습을 나타냈다. 하지만 그 방향이 다른 것으로 보아 그것은 다른 것임에 틀림없다. 그것은 약간 따스함조차 띠고 있다. 그리고 자신의 사치로 해서 참을 수없이 빛나고 있다. 참을 수 없는 아름다움이다. 나에게 표정을 강요하는 것 같기도 하다. 나는 어떤 표정을 짓지 않으면 아니 된다. 나는 기꺼이 표정을 선택할 것이다. 이런 때, 내가 해야 할 표정은 어떤 것이 제일 좋을까? 어떤 것이 제일 달의 자랑에 알맞은 것이 될까?

나는 잠시 망설인다.

돼지우리다. 사람이 다가서면 꿀꿀거린다. 나직한 초가지 붕마다 호박 덩굴이 덮이고, 탐스런 호박이 매달려 있다. 그리고 모양은 노랗고 못생겼으며, 자꾸만 꿀벌을 불러 대고 있다. 자연의 센슈얼한 부면(部面)이다. 우리 속은 지독한 악취다. 허나 이것이 풀의 훈기와 마찬가지로 또한 요란하고 자극적이다. 돼지, 귀여운 새끼 돼지, 즐거운 더러움 속에 흐느적거리고 있는 돼지, 새끼 돼지-수뢰 모양을 하고 있는 꿀돼지다.

바람이 불었다. 비는 이젠 저 철골 망루가 있는 산등성이를 넘어서 또 다른 산촌으로 가버렸나 보다. 남쪽은 모로 길게 가닥가닥이 푸르고, 자줏빛 구름은 어쩌면 오렌지빛 안쪽을 유혹이나 하듯 뒤집어 보이곤 한다.

야트막한 언덕 가득히 콩밭은 그대로 푸른 하늘에 잇닿아 있다. 그것은 그러므로 끝이 없이 넓어 보이는 것이었다. 그리고 산 쪽으로는 수수밭, 들판 쪽으로는 벼밭과 경계를 이루고 있다. 또 바람이 불었다. 개구리가 뛰었다. 조그만

개구리다. 잔물결이 개구리밥 사이에 잠시 보였다. 벼밭에서 벼밭으로 아래로 아래로 맑은 물은 흐르고 있는 것이다. 논두렁을 잘라 물길을 낸 곳을 샴페인을 터뜨리는 그런 물소리가 끊일 새 없다. 피가, 지칠 줄 모르는 피가 이렇게 내뿜고 있는 대자연은 천고에도 결코 늙어 보이는 법이 없다.

또 바람이 불었다. 좀 비를 머금은 바람이다. 수수 옥수수 잎 스치는 소리가 소조롭다. 그리고 정겨웁다. 어쩌면 치마끈 끄르는 소리와도 같이. 농가다. 개가 짖는다. 새하얀 인간의 얼굴보다도, 오히려 가축답지 않은 생김새다. 아래 온천 마을에선 개는 어떤 사람을 보아도 짖지를 않는다. 여기선 조심스럽게 겸손 하는 태도마저 보이면서, 한층 더 슬픈 소리로 짖어댔다. 산에 산울림 하여 인간의 호흡을 전달하는 것이었다.

밤나무와 바위와 약간 가파른 낭떠러지에 둘러싸여 온돌처럼 따스해 보이는 농가 두셋 문 어귀의 소로까지, 양쪽 댑싸리 옥수수 울타리가 어렴풋하게 구부러지면서 지나갔다. 그래서 문 어귀를 곧바로 내다볼 수가 없다. 마당에는 공만 한 백일초가 새빨갛게 타오르고 있다. 울타리 사이로

개가 이쪽을 겁난 눈으로 엿보고 있다. 그리고 마당. 말끔히 쓸어 놓은 마당과 소로엔 수수며 조 같은 곡식이 떨어져 있음 직도 하다. 툇마루 끝에선 노파가 손주 딸 머리의 이를 잡고 있다. 원숭이가 하듯이. 둘이 다 상반신은 알몸이다. 그리고 어두컴컴한 부엌 속에 이 또한 상반신은 알몸인 젊은 며느리가 서서 일하고 있다. 초콜릿 빛 피부 건강한 육체다. 집 뒤꼍에는 옥수수가, 이것만은 들쭉 날쭉으로 서 있다. 커다란 이삭을 몇 개 달고는 가을 풀들 사이에 유난히 키가 크다. 바위에는 칡넝쿨이 붉다. 그리고 그것은 바위에 낀 무슨 광물이기나 한 것처럼 찰싹 바위에 달라붙어 있다. 그리고 검은 바위를 배경 삼아 한층 더 붉다.

어린아이 둘이 검붉은 머리카락을 바람에 나부끼면서 마당 안에서 놀고 있는 것인지 노는 걸 그만두고 있는 것인지, 둘이 다 멍하니 서 있다. 매일같이 가뭄이 계속되어, 땅바닥은 입덧 난 것처럼 균열이 생기고, 암석은 맹수처럼 거칠게 숨 쉬었다. 농부는 질푸르게 개어 오른 초가을 허공을 쳐다보았다. 한 점 구름조차 없다. 삶을 지닌 모든 것은 모두 피를 말려 쓰러질 것이다. 이제 바야흐로.

아카시아 이파리엔 흰 티끌이 덧쌓이고, 시냇물은 정맥처럼 가늘게 부어올라 거무죽죽하다. 뱀은 어디에도 그 꼴을 보이지 않는다. 옥수수 키 큰 풀숲 속에 닭을 작게 축소한 것 같은 산새가 꼭 한 마리 내려앉았다. 천벌인 양. 그리고 빈민처럼 야위어 말라빠진 조밭이 끝없이 잇달아 수세미처럼 말라죽은 이삭을 을씨년스럽게 드리우곤 바람에 울부짖고 있었다. 그러는 사이에도 잠실 누에는 걸신들린 것처럼 뽕을 먹어 치웠다. 아가씨들은 조밭을 짓밟았다. 어차피 인간은 굶어 죽지 않으면 안 되는 것이라면, 지푸라기보다도 빈약한 조밭을 짓밟고 그리곤 뽕을 훔치라고. 야음을 타서 마을 아가씨들은 무서움도 잊고, 승냥이보다도 사납게 조밭과 콩밭을 짓밟았다. 그리고는 밭 저쪽 단 한 그루의 뽕나무를 물고 늘어졌다.
그래도 누에는 눈 깜박할 새에 뽕잎을 먹어 치웠다. 그리곤 아이들보다도 살찌면서 커갔다. 넘칠 것만 같은 건강 풍성한 안심이라고도 할 만한 것은 거기밖엔 없었다. 처녀들은 죽음보다도 누에를 사랑했다. 그리곤 낮 동안은 높은 나뭇가지 위로 기어 올라갔다. 부끄러움을 무릅쓰고, 그 하얀 세피아 빛 과일을 해는 태워 버릴 것만 같이 쬐고 있었다.

어디에도 행복은 없다. 천사는 소년군처럼 도시로 모여들고 만 것이다. 풍우에 쓰러진 비석 같은 마을이여. 태고의 구비를 살고 있는 촌사람들. 거기엔 발명은 절대로 없다. 지난해처럼 옥수수는 푸짐하게 익어, 더욱더 숱한 주홍빛 수염을 바람에 나부끼고는, 초가을 고추잠자리 나는 하늘에 잎 쓸리는 흥겨운 소리를 울렸다. 그리고 옥수수 수수깡을 둘러친 울타리엔, 황금빛 탐스런 호박이 어떤 축구공보다도 크고 묵직하다. 산기슭 도수장은 오래도록 휴업 중이다. 그리고 아이들은 고무신을 벗어들고는, 송사리보다 조금 더 큰 붕어를 잡는다. 개들은 가족들이 보는 앞에서 마구 야위어 갔다. 그리고 시집을 앞둔 많은 처녀들이 노파와 같은 얼굴로 되어 갔다. 줄기는 힘없이 부러지기만 했고, 조 이삭의 큰 것은 자살처럼 제 체중 때문에 모가지를 접질리곤 했다. 마른 뱅어같이 딱딱하고 가느다란 콩 넝쿨은 길 잃은 자라처럼 땅바닥을 기고 있다. 그리고는 생식기 같은 콩 두서너 개를 매달고 있다. 버들잎이 담겨 있는 시냇물까지 젊은 두 아낙네가 물동이를 이고 물길러 왔다. 그리하여 피[血]는 이어져 있다. 메마른 공기 속

깊숙이. 나는 물을 마셨다. 시원한 밤이 오장으로 흘러들었다. 귀뚜리 소리는 한층 야단스레 한결 선연해진 것 같다. 달 없는 천근의 마당 안에 홀로 이 귀뚜리는 속세의 시끄러움에서 빠져나와, 이 사람의 바깥에서 울적하게 철학하면서 야위도록 애태움은 어찌 된 까닭일까? 이 귀뚜리는 지독한 염세가인지도 모른다. 램프의 위치는 어쩌면 그 화려한 자살 장소로서 선정된 것이나 아닐지. 그의 저 등피 밖에서 흥분과 주저는 어떠했던가.

귀뚜리의 자살. 여기에 일가권속(一家眷屬)을 떠나, 붕우(朋友)를 떠나, 세상의 한없는 따분함과 권태로 해서 먼 낯선 땅으로 흘러온 고독한 나그네의 모습을 보지 않는가. 나의 공상은 자살하려고 하는 귀뚜리를 향해 위안의 말을 늘어놓는다. 귀뚜리여, 영원히 침묵할 것인가. 귀뚜리여, 너는 어쩌면 방울벌레인지도 모른다. 네가 방울벌레라 해도 너는 침묵할 것이다. 죽어선 안 된다. 서울로 돌아가라. 서울은 시방 가을이 아니냐. 그리고 모든 애매미들이 한껏 아름다운 목청을 뽑아 노래하는 계절이 아니냐. 서울에선 아무도 너를 기다리고 있지 않다 그 말인가. 그래도 좋다. 어쨌든 너는 서울로 돌아가라. 그리고 노력해 보게나. 그리하여 전과는 다른 의미에서의 삶의 새로운 의의와 광명을 발견하게나, 고안해 보게나. 하지만 나의 이 같은 우습지도 않은 혼잣말은 귀뚜리의 귀에는 가닿지 않은가 보다. 어쩌면 귀뚜리는 내심 나를 몹시 조소하면서도, 외관만은 모르는 척하고 꿀 먹은 벙어리로 있는 것이나 아닐지. 나는 적이 불안하다.

나는 이 지방에 와서 아무와도 친하지 않는다. 그들은 모두 나를 질색하는 것만 같았기 때문이다. 하지만 일주일도 안 되어 슬금슬금 그들은 두어 마디 서너 마디 나한테 말을 걸어오는 수도 있게 됐다. 그것이 나로선 참을 수 없이 무섭다. 그들은 도대체 나한테서 무엇을 탐지하려는 것일까? 내 악의 충동에 대해 똑똑히 알고 싶은 것이리라. 나는 위구(危懼)를 느껴 마지않는다. 나는 그들의 누구를 보고도 싱글벙글했다. 무턱대고 싱글벙글함으로써 나의 그러한 의구감을 얼버무리는 수밖엔 없었다.

아침부터 밤까지 남을 보면 나는 그저 싱글벙글했다. 그들의 어떤 자는 괴상하다는 표정조차 했다. 하지만 나는 그런 것에 상관하지 않았다. 하지만 이제 나는 귀뚜리를 향해 어찌 싱글벙글할 수 있겠는가? 너의 혜안은 나의 위에 별처럼 빛난다. 다시금 귀뚜리는 아무것도 아직 써넣지 않은 나의 원고용지 위에 앉았다. 그리곤 나의 운명을 점쳐주기라도 할 그런 자세이다. 이번은 몹시도 생각에 골똘한 것 같다. 그리고 나의 이 펜촉이 달리는 소리를 열심히 도청하고 있는 것만 같다.
귀뚜리여, 이 사각거리는 소리를 듣기만 해도 너는 능히 나의 이 모자란 글을 읽어 내릴 수 있을 것이다. 정녕 선지자 같은 정돈된 그 이지적인 모습을 보면, 나는 그렇게 생각되니 말이다. 그러나 어떠냐, 나는 이렇게 많은 거짓말을 하고 있다. 얄미운 놈이라고 생각하느냐, 요사한 놈이라고 생각하느냐. 하지만 너만은 알 것이다. 보다 속 깊이 싹트고 있는 나의 악에 대한 충동을, 그리고 염치도 없는 나의 욕망을, 그리고 대해(大海) 같은 나의 절망까지도. 그리고 너만이 나를 용서할 것이다. 나를 순순히 받아들여 줄 것이다. 그러나 귀뚜리는 다시 흰 벽으로 옮겨 앉았다. 그것이 내가 필설로써 호소할 수가 전혀 없는 수많은 깊은 악과 고통마저 알고 있다는 꼭 그런 얼굴인 것이다. 나는 나의 무능함이 폭로되는 것을 생생하게 보았던 것이다. 나는 더욱 깊이 절망할 수밖에 없다. 1976 발표

Ⅱ,

근대적 감수성을 만든 공간과 장소

1930년대 밤마다 불야성을 이루었다는 진고개(명동)를 중심으로 들어선 카페, 백화점, 극장, 호화로운 소매상점들은 도시의 근대적 감수성을 만들어냈다. 자본주의는 쇼윈도와 신문, 잡지, 영화 등 대중매체를 통해 유행을 만들고 개인의 욕망 충족을 끊임없이 소비로 연결했다. 이국적 취향과 서구 문물의 소비는 세련된 도시민의 삶으로 보였다. 그러나 도시의 근대적 풍경을 모든 도시민이 소비할 수 있었던 것은 아니었다. 가식과 허영으로 방랑하는 도시민을 양산해냈고 도시민이 되고 싶었던 소시민의 꿈을 무너뜨렸다. 이번 장은 근대적 감수성을 만든 공간과 장소(카페, 서점, 백화점, 딴스홀, 극장)에 관한 글을 모았다.

조선의 끽다점 평판기

경성도 대도시라고 여러 가지가 도시적 요소를 준비하듯 끽다점(찻집)이 늘어가는 것이 기현상이다. 우선 조선사람들의 경영 중에도 좀 현저한 것만으로도 「빠-」는 그만두고라도 멕시코, 뽄아미, 종로르릴, 로렐, 낙랑파라, 푸라터누, 요새 새로 난 쩨네바 등이다. 기타에도 소소다점이 부지기수다. 그러면 지방 양반들은 서울 사람들은 구차해서 조금만 먹고 물만 마시러 다닌다고 흉볼는지 모르나 그 실은 외교에 분망하여 다집이 객실대용이며 문사, 화가 기타 문필업자들의 오후 휴식소라는 의미에서 그 존재 이유가 상당하다. 이제 다집에 설비나 기타 서비스 등을 써볼까 한다.

멕시코

배우 여급 기생이 가장 많이 출입하기로 유명한 멕시코! 이 집은 덕흥서림 옆이요, 낙원회관 건너편에 있다.
멕시코는 우선 들어서면 방이 장방형인 것이 특색이다. 실내장식으로는 영화 포스터 등이 걸려 있다. 처음에는 상당이 손님이 많아 보였는데 이것도 벌써 수년이 되어서 늙은 기분을 주는 것도 사실이다. 고객으로는 영화, 연극인이 주요한 것 같아 보이는 때가 있다. 벽의 장식에도 요전에는 최승희 씨의 나체 무용 모양을 사진으로 걸었고 「모나리자의 실종」, 「서반아의 광상곡」 등 몹시 선정적인 극장 포스터 등을 걸었다. 음악도 다른 데는 양곡 전문이나 여기는 일본 소리도, 조선 속요도, 새로 나오는 것이면 대개 무에든지 다 있다.
밤늦게 요리점에서 돌아오는 어여쁜 거리의 천사인 기생 아씨들이, 흔히 몰래 만나는 로-맨스가 많은 곳이다. 문을 열고 들어서면 감미한 지분의 냄새가 코를 찌른다. 자극성이 많은 화려한 곳이라 할까.
이곳의 소-다수는 5, 6월 삼복에 단연 마실 만하다.

뽄 아-미

신문기자와 은행회사원들이 가장 많이 출입하는 뽄 아미는 종로 네거리 보신각서 유창상회를 끼고 두어 집 가면 외형은 빈약하게 금자박이 창을 한 집이다. 그러나 내부는 달라서 가장 값 먹은 의자 탁자를 하여 놓은 곳이다. 일광을 잘 받아드리지 못 해서 백주에도 전등을 켜야 함이 오히려 그옥한 맛을 준다 할까. 시내 끽다점으로서 카운타-에 미모의 여인이 앉은 곳이 여기와「제비」뿐이다.

화가도 많이 모인다. 그래서 조그마한 개인전이 가끔 열린다. 최근 두어 달 사이에도 구본웅 씨 개인전 도상봉 씨 개인전 등이 열렸다.

다른 데보다 조금 비싸서 그렇지 홍차는 마실만 하였다.

원래 이 집은 대구의 청년 부호가 독일 가서 대학 마치고 나오니 할 일이 없어 이 일을 시작하였다 하느니 만치 퍽이나 값나가게 장식하였다.

뽄 아미도 벌써 삼 년이나 된다. 그간 주인이 서너 명이나 변경되었으나 어느 때든지 실내장식 같은 것이 변한 데가 없다. 실내에 들어서면 방이 홀쭉하고 답답해 보이고 방 한가운데 사각주가 두 개나 서 있는 것이 특색이다. 그간

마담도 여러 번 갈리었으나 이번 마담도 역대 마담에 빠지지는 않는다. 방이 원체도 좁지만 방에 공기가 텁텁한 듯하며 간혹은 손님이 많을 때는 방이 좁은 탓인지 시끄럽기도 하다. 방을 좀 더 넓히었으면 시원하겠다.

로렐

로렐을 얼른 보면 좀 신선해 보인다. 그 까닭은 의자가 모두 자색 철제의 의자기 때문이다. 그래서 문안에 들어서면 자색이 많이 보이는 점이다.

여름에는 쇠 의자라 청량적 기분이 대단이 좋으나, 겨울에는 냉기가 돌아서 쓸쓸하다. 그 의자를 그냥 두려거든 철제 의자니 그 속에다가 수증기라도 통과 시켰으면 제물에 스팀이 될 것인데 말이다.

푸라터누

푸라터누는 역시 그리 신선한 기분을 주지는 못하나 침착하고 고요하다. 자색 커튼 틈으로 가로수의 푸른 잎새가 보이는 것도 특색이다. 레코-드의 종류가 구비된 것도 특색이며 이 집에는 산양유 파는 것이 남보다 다르다.

쩨네바

쩨네바는 근간 신설된 곳인데 좀 좁다. 그러나 북편으로 커튼을 늘어트린 별실이 있는 것이 특색이다. 아직 신설이라 레코-드가 구비치는 못하다. 그러나 신보는 빠지지 않고 있다. 주인 말을 들으면 브라질 본격적 커피를 쓴다고 한다.

부라탄

「버느나무 선 동리의 풍경」 등 여러 희곡을 제작하여 극작가로서 이름 높은 유치진 씨가 관계하는 빠-다. 조선호텔서 조선은행 가는 장곡천정 란테뷰 가에 있다. 뷰데뷰-가라 하면 예전에는 정통골목-이화학당 앞에서 노국총영사관, 앞을 지나 정동교회당 지나 미국총영사관, 영국영사관, 덕수궁으로 통하는 일대가 이국정조도 나고 풍경도 가려하고 조용도 하여 몰래 사랑하는 남녀의 밀회급 산보가로 좋더니만 그만 재판소가 들어 안고 서양인 구락부의 테니스 코트가 없어지고 또 이화학당에 미인 학생이 줄어지자 아연 인기를 잃고 지금은 부청 앞에서 조선은행으로 통하는 장곡천정 페이브멘트가 그 대신 화려한 연애가로서 등장하였다. 이 길바닥 한 옆에 수줍은 듯 원주하나에 기대여 빗겨 선 것이 부라탄이다. 모이는 층은 극예술연구회원을 비롯하여 여러 문인 묵객들이며 그 밖에 일본 학생, 총독부의 월급쟁이들이다. 특색은 예술가의 휴식소에 어울리게 실내장식이 침정하고 부드러운 점 양유는 더욱 마실만 하다. 연주곡목은 대부분이 양곡이다.

낙랑파라

동경미술학교를 마친 뒤 한동안 화신상회에서 많은 보수를 받으며 쇼-윈도의 뎃생을 그려 주든 화가 이순석 씨가 경영한다. 장소는 경성부청의 백악 5층루를 마주 선 장곡천정 초입에 있다. 서반아에나 온 듯 남국의 파초가 문밖에 푸르고 있는 3층루다. 윗 층은 아토리요 아래가 끽다점이다. 널마루 위에 톱밥을 펴서 사하라 사막 위에 고단한 아라비아여인들이 앉아 물 마시듯 한잔의 차라도 마시는 그 정취가 사랑스럽다.

주인이 화가인 만치 여기에는 화가가 많이 찾아온다. 또 일본 촌이 가까운 까닭인지 일본인이 많이 모이며 란데뷰에 몸이 곤한 청춘남녀들이 가끔 찾아들어 다리를 쉬인다.

금요일마다 빽타-의 신곡 연주가 있고 가끔 조그마한 전람회도 열린다. 장내의 분위기가 어쩐지 주선 수선하여 가라앉지 않은 듯한 점이 흠이랄까.

이곳의 밀크 맛이 좋다. 빨갛게 타는 난로 앞에서 아이다야 아이다야 하는 러시아의 볼가노래나 들어가며 뜨거운 밀크를 마시는 겨울의 정조! 이는 실로 낙랑 독특의 향미라 할 것이다.

옛날에는 핏빛 같은 저고리 입은 미모의 젊은 마담이 카운터-를 보고 있더니 요즘 없어진 것이 마치 피었든 동백꽃이 속절없이 날려간 듯 허급하다.

낙랑파라는 근자에 개축을 하였다. 들어서면 이전에는 땅에 톱밥을 깔아서 푹신푹신하더니 신축 후엔 땅을 더 파서 지하실 들어가는 기분을 준다. 전부 콘크리트로 말쑥하게 하였다. 원래 이집은 레코-드-컨써-트로 유명하다. 시설에는 매우 애를 쓰고 돈을 들인 듯하다.

제비

총독부에 건축기사로도 오래 다닌 고등공업 출신의 김해경 씨가 경영하는 것으로 종로서 서대문 가노라면 10여

집 가서 우편 페이브멘트 옆에 나일강변의 유객선 같이 운치 있게 빗겨 선 집이다. 더구나 전면 벽은 전부 유리로 깐 것이 이색이다. 이렇게 종로 대가를 옆에 끼고 앉았으니만치 이 집 독특히 인삼차나 마시면서 바깥 홀을 내다 보느라면 유리창 너머 페이브멘트 위의 여성들의 구둣발이 지나가는 것이 아름다운 그림을 바라보듯 사람을 황홀케 한다. 육색 스타킹으로 싼 가늘고 긴- 각선미의 신여성의 다리 다리 다리. 이 집에는 화가, 신문기자 그리고 동경 대판(오사카)으로 유학하고 돌아와서 할 일없어 양차나 마시며 소일하는 유한 청년들이 많이 다닌다. 봄은 안 와도 언제나 봄 기분 있어야 할 제비. 여러 끽다점 중에 가장 이 땅 정조를 잘 나타낸 「제비」란 이름이 나의 마음을 몹시 끈다.

그런데 차를 마시러 가는 사람으로 말하면 차를 마시러만 가는 것은 물론 아니다. 역시 사교실이고 또 휴식실이다. 그만치 다실의 실내장식, 레코-드 선택, 서비스, 환기 장치 등에 주의해야 할 것이다. 흔히 다실에는 휴식실이니만큼 누구나 연초를 먹게 됨으로 방안은 어느 때 보면 담배 연기로 방이 자욱하고 답답하여서 기분이 막히는 때가 있다. 그러므로 무엇보다도 환기장치를 특별히 주의하여 끽다객의 위생에 착안하여줌이 좋겠고 레코-드도 할 수 있는 대로는 너무 비천한 유행가보다도 각 곡을 구비케 할 것이며 실내는 과히 시끄럽지 않게 하는 것도 역 좋을 것이다. 일시에 기분전환을 꾀하는 현대인들의 기분을 잘 조화시키는 것도 현대 다업자의 일일 듯하다. 〈茶房雜話〉, 개벽, 1935 〈喫茶店評判記〉, 삼천리, 1934

다방 보헤미안

현대인의 다방 취미는 담배 하나 피우기 위한 휴게소로 또는 친우나 혹은 용건 있은 사람을 잠시 기다리는 대합실 정도로 이용 되는 바 공리적 일면이 있은 이런 분들께는 좋은 홍차나 커피나 또는 좋은 레코-드가 그다지 필요하지 아니하다. 다방의 세속화라고나 할까? 이런 종류의 다방은 서울로 치면 명과나 금강산에서 종로의 「올림피아」, 「아세아」가 이에 속할 것이다. 그러나 다방의 존재 또는 다방의 의의로 본다면 이러한 순전한 세속적 공리성에 있다고 볼 수는 없다. 이르는바 다방 취미, 다방 풍류란 일종 현대인의 향락적 사교 장소라는 대 공통 존재 이유가 있은 것이니 가령 한 친우(또는 2-3인)와 더불어 시간의 제약을 받지 아니하고 문학, 예술, 세상의 기이한 사실, 더 나아가 인생을 이야기하기 위하여 이러한 곳을 선택하는바 고급된 다방 애용가도 있을 것이요, 사랑하는 한 이성과 청담하며 애정의 분위기에 잠기려는 세상의 많은 로맨티스트들도 있은 것이요, 최근과 같이 레코-드와 영화에 대한 열이 극도로 팽일한 세대에 있어서는 레코-드를 듣기 위하여 또는 영화의 세계를 찾아 이 다방을 일종의 공동 아지트로 해서 기분 좋게 유창하게 모여 들기도 한다.

여기 경성 시내에 산재해 있는 다방 분포도를 하나 그려 보자. 그리고 이 분포도 위에 배치된 지리적 방위와 그 다방 다방이 가지는 바 독자적인 다방의 개성과 공통성을 염두에 상기하라. 지역적으로 보아 명치정(明治町) 1가 경성 다방의 총 본영인 감이 있다. 이르는바 서울의 다방구다. 이 중에서 다방 탐방객이 어느 집 입구를 들어서면 거기에는 공통된 다방 분위기, 일종의 다방 체취를 감촉하리라, 남양의 열대 식물이 있고 베토벤의 사안형(死顏型)과 2-3인의 다방 낭(娘) 또는 다방 아와 가급적 좁은 지면을 공리적으로 이용하야 벌려진 테이블과 의자, 소란한 레코-드, 여기저기 널려 있은 그 날 그 날의 신문과 헐어진 그 달 그 달의 취미 잡지, 영화 잡지, 커튼, 몇 개의 화폭, 조상, 탁상 전등 등 그리고 자욱한 담배 연기와 몇 개의 독립된 대사의 교착, 창백한 인텔리 급의 청년 남녀의 분산된 진영 등.

그러나 이 공통된 분위기 속에 반영된 세상이란 또 그들의 이 순간적 향락 심리란 계절을 따라 외부 근계의 이변에 따라 지극히 완만하게 때로는 발작적으로 변모되어 간다.

그리하여 자아의 적은 화상만을 안고 다니는 다방객의 멸렬된 세계에도 하나의 공통된 심적 현상을 환기할 수 있으니, 가령 겨울에서 갑자기 다양한 봄 햇빛의 총애를 받은 그들이라면 그들은 일제히 경쾌한 보조와 명랑한 미소의 얼굴로 습관적인 그 걸음이 어느 다방 한 집을 찾아들어 가벼운 멜로디에 딴스의 한 스텝을 사랑할 것도 같다. 이 신경적 외계의 감촉이 인제 멀지 아니하여 우리에게도 이를 듯싶다. 명명하야 춘삼월 다방 정조(春三月 茶房 情調)란 제목이 나에게 제시된 것도 이러한 곳에 연유한 것이리라. 외투가 무거워지고 스프링 코-트가 생각나는 때, 오히려 처녀들은 일색의 외투나, 두루마기 속에 간직했든 선명한 색채와 단아한 여장을 거리에 해방하는 기쁨을 맛볼 것이다. 수선은 시들어 늙었고 커피는 너무나 둔탁한 듯, 향기로운 홍차의 부드러운 김이 웃음 띈 그들의 얼굴과 더불어 하나의 명랑보를 짜낸다. 말소리가 가볍고 몸의 율동이 생생하고 탄력성이 있어 봄의 향욕과 꿈과 희망을 품은 흰 구름이 그들의 향연과 같이 한 공간 속에 가득차 진다. 어디서 카나리아의 봄 하늘을 그리는 노래도 있을 듯, 창을 열면 「아코디언」의 애수품은 보헤미안의 한 전률이 들릴 것도 같으나 불행히 여기는 파리의 뒷골목이 아님에 이런 살 속에 숨어드는 예술적 향취를 찾을 바가 없다.

봄이 되면 명치정(明治町) 다방구는 너무나 음산한 맛이 있다. 봄으로 더불어 걷는 사람의 발걸음을 멈추기에는 해방된 태양의 자애를 빌어야 할 것이 아닐까? 오히려 겨울이면 추워서 그 넓은 길을 피하기까지 하는 장곡천정의 다방이 훨씬 친밀성을 느끼리라. 서울의 다방다운 다방의 새 기원을 지어준 「낙랑(樂浪)」이 여기 있고, 그 다음으로 7년의 역사를 가진 「푸라터누」는 서울서도 가장 친밀하고 가정적 분위기를 자아내는 곳이다. 새로 생기는 「라순구(羅甸區)」도 이 새봄을 기다려 남창을 열 것이요, 「미모자」는 훨씬 규모가 째여서 명랑보다도 안일의 순간을 제여한다. 음악을 찾는 이는 엘리자로 더 멀리 「돌체」의 탐탁한 적은 문을 두드리기도 하리라. 이 봄을 장식할 고운 멜로디의 주인공은 누구일까? 「뽄-아미」를 좋아하는 이의 발걸음은 아직도 「명과」나 「금강산」을 바리지 아니 할 것이나, 「미령」의 일층을 잠시 태양과 친할 포근한 몇 개의 자리를 갖추어 있고, 「프린스」는 봄밤의 그림자를 가득히 품어 있다. 혼자 유유히 「썬니」의 이층에 오르면 검은 비로-

드의 남벽이 정다운 손길을 기다리고 「다이아나」 성림(聖林)의 아메리카적 기분을 좋아하여 걸음을 멈추는 단골손님도 있으나, 「노아노아」의 흰원 주곽을 거처 넓은 백색 공간, 더 높이 한 층계를 오를 수도 있다. 그러나 「백망」은 언제나 화려가 경허에 흐르지 않는 매혹으로 넉넉히 시간을 저버리고 앉아 있을 수 있으며, 더욱 페치카의 정취는 겨울보다도 봄밤의 온기를 전하기에 더 정답지 않을까?

치위가 물러가고 조바위 대신 여호 목도리의 함일(濫溢)이 차차 퇴치되어 가는 때 종로 네거리 앞을 밀리는 발걸음도 자리가 잡혀진다. 전차를 기다리는 동안 또 거리를 휘돌아 다니는 이들은 예저기서 지기 친우에게 손을 내밀어 「아세아」와 「올림피아」로 잠시 쉬이러 들어간다. 「영보」 밀림 안엔 떠드는 소리가 높아지고 「뉴-홈」은 아직도 단조한 중에 편히 쉬 일자리를 장만해 있으리라. 종로와 안동 네거리 중간에 걸쳐 있든 「은령(銀鈴)」이 그 소리를 감춘 후 서대문에 채 못미처 「자연장」은 빌리야-드를 즐기는 손님을 부르며 봄을 기다리고 있다.

그러나 대학 전문학교를 모아 놓은 동소문 부근의 하나의 다방도 없다는 것은 너무나 적막하다. 파리의 「카르티에,

라탱」은 될 수 없다고 하더라도 생활과 더불어 안식의 포근한 한 자리가 이 봄을 기다려 열릴 수도 있을 법 하건만 이곳은 건실 때문에 단조를 참을지언정 생의 향기를 위하야 한 잔의 커피를 사랑하는 등의 부박성을 경멸하는 법도의 세계인 까닭인가?
봄! 그러나 봄은 더 큰 곳 더 넓은 곳에 있다. 다방의 좁은 공간에서 봄의 정조, 풍류를 찾는 도회인의 그 좁은 심창을 열어 자연의 포옹, 자연의 위대, 자연의 자애에 접하게 하라, 한 잔의 홍차 대신 대기의 영령을 삼키는 해방된 인간! 대지 위에 서서 손을 높이 쳐들어 하늘의 신비를 부르는 그 순간, 그 공포, 그 법열! 하나의 보헤미안은 이런 환상을 품어본다. 그러나 권태와 피로에 지친 몸을 오늘도 어느 다방의 한 구석에서 커피를 마시고 있다.
커피! 인생! 도회! 봄! 이 무슨 괴로운 일인가? 〈「보헤미앙」의 哀愁의 港口, 一茶房 보헤미앙의 手記〉, 삼천리, 1938

경성의 서점

사회과학서류를 많이 취급하기로 유명하든 안동 네거리의 민중서원은 이 여름에 폐점하고 따로 권 씨가 그 곳 상품을 가져다가 경운동에서 신생각이란 서점을 한다. 아무튼 한산하든 서적상계도 신추부터는 백열전을 준비하는 곳이 여러 곳 있다.

〈南大門, 「南大門」이란 欄은 서울 商界의 裡面을 알녀드리기 위하야 特設한 것이 의이다〉, 삼천리, 1932

조선인으로 양서 보는 사람들

서울 종로에서 황금정 네거리 쪽으로 걸어가노라면 네거리에서 약간 오른쪽 편으로 환선주식회사경성출장소(丸善株式會社京城出張所)라는 간판 붙은 집이 보인다. 이 집이 양서원서를 전문적으로 판매하는 집이다. 간판에도 양서로 쓰여 있지만 이 서점 안을 쑥 들어서면 그리 좁지 않은 집안 책장에는 여러 가지 외국에서 들어온 양서들이 즐비하게 놓여 있다. 마치 서양 어떤 서점을 들어온 감이 일어난다. 서점하고는 퍽이나 일종, 엄숙하고 고결하고 한적한 감을 주는 서사이다.

물론 이 서점은 일본 내지인이 경영하는 서점임을 알 수 있다. 서점 간판에 쓰여 있는 이름과 같이 동경에다 본점을 둔 경성출장소이다.

한번 둘러보니 손님들이라고는 다른 서점에서 볼 수 없는 점잖은 손님들 같이 보인다. 한 손엔 오리가방을 낀 얌전한 신사풍의 사나이들 2, 3인이 영서 꽂힌 곳에서 열심히 책을 뒤지고 있는 것을 보아, 이 사람들은 얼굴이나 몸맵시로 보아서 어느 대학이나 전문학교 교수쯤은 되나 보다 하는 선입감이 먼저 나의 머릿속을 스치고 지나간다.

또 한쪽으로는 경성제국대학의 모자를 쓴 정복한 학생 한 분과 법전교의 정모정복을 한 학생 한 분이 모두 제각기 독어양서를 꽂힌 책장 앞에서 열심히 법률에 관한 원서를 뒤지더니 슬며시 빼내 여점원에게 사겠다는 신호를 건넨다. 이외에도 2, 3인의 고급양복을 입은 중년신사들이 제각기 전문서적을 사들고는 서점 가운데에 여러 가지 월간 잡지가 놓여 있는 곳으로 가서 뒤적인다. 모두가 성실한 학구에 종사하는 점잖은 학자풍의 사나이들만이 모이는 곳임을 알겠다.

서점 주인의 말에 의하면 이 서점에 드나드는 사람들 가운데서 조선 사람이란 약 3분지 1의 수효 밖에는 되지 않는다고 한다. 내가 들어갔을 때에도 한 사람의 조선인을 못 보았다. 퍽이나 섭섭한 일이다.

이 3분지 1밖에 안 되는 조선 손님들은 그러면 대개 어떠한 층의 인간들인가 하면 그 중에서 학생이 반분을 점하고 있다 한다. 전문학교나 대학에 다니는 학생들이 많이 드나든다 하니 그는 학해에서 시달리는 그들에게 있음직한 일이라 하겠다.

그 외의 일반 사회인이란 대개가 중등이상의 학교에서 교편을 잡고 있는 교수 급들로서 대개는 그런 축에서 많고, 그 다음에는 문인예술가들 급에서 혹은 영화나 연극이나 소설류, 기타 월간문예잡지 등을 사보는 손님들이 다음간다고 한다.

이 서점은 동경본점에서 취급하는 세계 각국의 유명한 서적들은 대개 한 두 책일지라도 모두 취급한다고 한다. 하여간 통틀어서 말하면 그 중에서 많이 팔리기는 문학 류가 제1위를 차지하고 그 다음이 법률 서적이고 다음이 의학 서적 등이라고 하며, 공업에 관한 것, 농업에 관한 것 에스페란토에 이르기까지 여러 가지 종류의 서적을 대개는 취급하는데 특히 에스페란토에 관한 원서는 독서층에 비하여 그 중 적은 듯싶다고 한다. 그 이유로는 에스페란토에 관하여서는 일본 내지에서도 서양에서 나오는 원서에 못지않은 훌륭한 서적들이 많이 나오는 관계로 인함이라고 한다.

그 외의 의학이나, 법률학이나, 문예에 관한 것도 동경방면에서 출판된 것으로 충분하다 할 만함으로 구태여 양서를 구하지 않는 편이라고 할 수 있으나 이 양서에 대한 일반 독서층의 사람들이 해마다 늘어가는 형편이니 역시 고객으로 본다면 전보다는 많다고 할 수 있다는 것이다.
각국어 별로 따져 본다면 영서에 관한 서적이 가장 많고 그 다음에는 독어문이 둘째가고 불란서 어문의 서적들은 극히 적다고 한다. 또한 근자에 와서 한 가지 다른 점은 좌익서유에 관한 것인데 몇 해 전에는 다소간 얼마씩 취급하여 왔었으나 근자에 와서는 이를 전연 취급하지 않는다고 한다. 그 이유로는 거기에 대한 독서가가 좀 줄어든 듯하나 그 외에도 여러 가지로 구차한 점이 많아서 요사이는 대개 이 방면의 서적은 없다고 한다. 다만 모스크바에서 발간되는 화보 등이 조금씩 나올 뿐이라고 한다.
기타 월간잡지와 일간신문 등이 퍽 많이 팔리는데《런던 타임즈》같은 신문은 매회에 65부 씩이나 나가고,《뉴욕타임즈》도 17부 가량 나간다고 한다. 독일에서 나오는《멜니타이푸라트》지 등 그 외의 2, 3종 신문도 소량이지마는 나간다고 한다.
잡지에 이르러서는 그 수가 퍽 많다고 한다. 뉴-욕에서 나오는《중앙공론》이며 베를린에서 나오는 보-헤 잡지며 기타 연극, 영화, 음악 등에 관한 서적으로도《아메리칸레뷰-》등의 5, 6종이 있어 월간잡지만 해도 그 종류는 근

20여 종의 다수라고 한다.

모름지기 조선의 학구적 사도들은 국제적으로 널리 지지를 구하는 의미에서도 이 환선회사의 문을 노크함이 당연할 지어다. 〈朝鮮人으로 洋書보는 사람들, 丸善會社(書店)을 찾고〉, 삼천리, 1935

미모의 서점 마담

여학교 교사를 그만두고 직업선상에 나선 인텔리 여점주와 인텔리 여류의 할 만한 직업은 무얼까. 봄 아지랑이 서울 장안에 가득한 어느 날 오후 나는 요사이 서울 인텔리층에 큰 화제를 일으키고 있는 미모사 서점의 여주인 이준숙 씨를 찾을 생각으로 종로 오정목서 다시 동소문 가는 뻐-스를 잡아탔다. 뻐-스는 고공(高工) 제대병원 앞을 지나 동소문 종점 동성상업학교 앞에 멈추니 나의 발길은 자연 고상 가는 길옆에 나지막하게 자리 잡고 있는 미모사 서점으로 옮기어졌다.

「오늘은 선생의 서점 경영담을 들으러 왔소이다.」 라고 첫말을 던지는 기자에게 「제가 무슨 말씀 드릴 것이 있어야지요.」 라고 반 사양하시면서 반겨 맞아주시었다.

기 : 서점은 언제부터 시작하셨습니까.

이 : 작년 팔월부터인가 봅니다.

기 : 서점을 경영하려는 계획은 언제부터 가지셨든가요.

이 : 글쎄요. 저의 힘으로 무엇이나 한 가지 자영하려는 생각을 가지기는 제가 서양 사람의 학교를 그만두든 때부터이니 지금으로부터 아마 오년 전인가 봅니다.

기 : 그런 생각을 가지시게 된 동기는?

이 : 첫째 생활이 곤란하니 저의 힘으로 생계를 도우려는 생각으로요. 누구에게 매여 일한다면 시간에 구속을 받게 되니까, 아이들 교육에 힘쓸 시간도 못가지게 됩니다 그려. 그리고 저는 언제나 누구의 일을 보아준다는 것보다는 나로 계획을 세우고 나 스스로가 그 일에 열중하고 싶었든 것입니다. 물론 어떠한 사업이라도 나쁘다 할 수는 없으나 그중에도 서점 같은 것이 가장 저의 성격과 취미에 맞을 듯 하였던 것입니다. 그것은 바깥주인이 문학을 즐겨할 뿐 아니라 그것을 본업으로 삼게 되시니 자

연 서책에 대해서 관심을 갖게 되었고 저 자신도 음악과를 나왔으나 문학만은 놓을 수 없을 만치 애착을 갖게 되니 언제나 책과는 가깝게 하고 싶었으며 그리하였든 것입니다. 그래서 서점을 하나 경영하기로 결심하였으나 어디 자금을 구할 수가 있어야지요. 그런 생각을 갖게 된 때부터 긴 세월이 흘러갔으나 그 생각만은 언제나 나의 머리를 떠나지 않았든 것입니다. 그러니 언제나 서점 경영에 대하여서는 관심을 갖게 되어서 늘 여러 서점을 돌아보든 중 모 대학 교수 부인이 자기 남편이 모 사건으로 투옥된 후 생활 곤란으로 남편이 가졌든 서책을 토대로 본정에 서점을 경영한 것이 상상이상 잘 되어간다는 그 부인의 체험담을 듣고 나는 더 뜨거운 열과 자신을 갖게 되었습니다. 그래 저도 큰 자금을 구득할 수 없으니 우선 집에 있는 서책만을 가지고 곧 서점을 시작하기로 하였지요.

기 : 그래 곧 개점하셨어요.

이 : 아니요. 그리하기로 한 후 매일같이 장소를 구하려고 서울 장안을 샅샅이 돌아다니었으나 어디

마땅한 곳이 있어야지요. 물론 자본이 많으면 본정에도 있고 관훈정(寬勳町)에도 있으나 최소한도의 자금으로 가장 마땅한 곳을 찾으려 하니 쉬울 리 있겠습니까. 그리하기를 다섯 달 동안이나 하다 이곳에 장소를 정하고 말았지요.

기 : 몹시 애쓰셨군요.

이 : 네. 무척 애를 써왔어요.

기 : 그럼 이곳을 적합지로 정한 것은?

이 : 이곳은 인텔리층이 많이 사는 성북정(城北町)과 명륜정으로 드나드는 초점이요 학교로는 제대(帝大)를 위시하여 고상(高商), 중전(中專), 보성고보(普成高普), 동성상업(東星商業) 등이 주위를 싸고 있으니 인텔리층과 학생층을 아울러 고객으로 끌 수 있을 듯 하였으니까요. 4, 500원 자본 가지고 지금은 매일 20원 매상이에요.

기 : 그래 처음 투자는 얼마나 하셨어요.

이 : 투자라 할 것 있나요. 참 빈주먹으로 시작하나 다름없었지요. 집세와 집 수선으로 100원 남짓 들고 서책과 서장은 집에 있든 것만으로 하였지요. 물

론 그것을 하기 위해서 달리 쓴 것도 있었겠지요. 서책 책장까지 값을 친다면 한 400원 남짓 되었을까요.

기 : 그렇게 시작했더니 처음 판매 성적은 어떠하셨나요.

이 : 불충분한 설비에 비례한다면 좋은 편이었지요. 하루 매상고 5, 6원은 되었는데 모두 집에 갖고 있든 책 만이었으니 그것이 모두 순리라 할 수 있지요. 그러나 손님들이 찾는 책 중에 없는 것이 있는 것보다 더 많았으니 참 안타까웠어요. 그 다음부터는 팔기보다 사 드리기에 더 애썼지요.

기 : 지금은 잘 되어갑니까.

이 : 처음에 비하면 열 배 이상 확장되었지요만 아직 없는 것이 더 많아요.

기 : 그야 그렇겠지요. 책가지 수란 한이 없다할 만치 많으니까 그것 어디다 갖출 수 있겠습니까. 처음 매상고 5, 6원되었다 하셨는데 처음보다 십 배나 확장되고 서점 자호도 널리 선전되었으니 매상고도 열 배 이상 증가되어 지금은 5, 60원 되겠습니

다 그려.

이 : 아니 그렇게는 안된 답니다. 지금도 주문에 주력하니까요. 하루 20원 가량 팔리지요.

기 : 사입은 어떻게 하시나요.

이 : 주로 동경 대판(오사카) 등 일본 내지에서 구입합니다. 나우카(ナウカ)사같은 큰 출판사에서 잔품을 정리하기 위하여 자주 투매를 하는데 그럴 때면 좋은 책도 퍽 싸게 살 수 있어요.

기 : 그러면 그런 찬스만 기다려 사 들이십니까?

이 : 아니요. 그럴 때면 보통 때의 구입보다는 훨씬 싸게 살 수 있단 말이지요. 고본을 취급하니 손님들이 가지고 오는 것도 사나 그리 좋은 책들은 없어요.

기 : 그럼 이는 몇 활이나 되어요.

이 : 조선 판은 이활 내지 삼활 되고 일본 내지 판은 사활 내지 오활은 됩니다. 저는 될 수 있는 대로 싸게 구입해서 싸게 팔려 하는데 싸게 팔기는 쉬워도 싸게 사기는 힘들어요, 박리다매라도 하려 합니다.

기 : 손님들에게 대하여서는?

이 : 될 수 있는 대로 친절이 하며 그들의 편리를 도모해드리려 합니다. 다른 장사와 달라 손님들은 모두 점잖은 분들 뿐이여요. 그런데 종종 손님들께서 아주 들어보지도 못하든 책을 찾는데 그럴 때마다 부끄러움을 느끼며 손님들 편리를 위하여서라도 더 공부를 하여야하겠다고 속마음으로 부르짖게 됩니다.

기 : 어떤 종류의 서적이 제일 많이 나갑니까.

이 : 문예서적이 으뜸이여요, 동경서 오는 잡지로는 《영화지우(映畵之友)》, 《킹(キング)》, 《일출(日の出)》, 《주부지우(主婦之友)》이고 조선잡지로는 《삼천리》, 《조광》, 《여성》이 제일 많이 팔립니다.

기 : 학생들은 어떤 것을 많이 사갑니까?

이 : 제대(帝大) 학생은 주로 의학서류를 찾는대 없는 것이 많아요. 고상(高商)은 경제와 사학서류를 많이 찾고, 중학생들은 대부분 시집과 탐정소설을 많이 사갑니다.

기 : 고객을 남녀별로 따지면 어느 편이 더 많나요?

이 : 그것은 어떻게 비할 수도 없어요. 여자란 전혀

없다 하여도 과언이 아니에요.

기 : 그럼 여성잡지는 누가 사가요?

이 : 여성잡지는 꼭 젊은 남자들이 사 가겠지요. 그래 여성잡지는 사다 무엇하나 물으니 대답이 결국은 여성의 손에 들어가겠지요 하더구먼요.

기 : 그럼 남자는 여자의 심부름꾼 노릇을 하는 셈이 구만요.

이 : 그리 해석하면 그렇겠지요. 하지만 여성들이 독서를 하지 않는가 봐요. 학생시대에는 무엇을 열심히 공부하든 여성들도 한 번 가정에 들어가면 그만 가정의 노예가 되여 바깥세상과는 인연을 끊는 모양이지요. 첫째 여자들은 경제권을 갖지 못하니 아마 책도 자기 마음대로 살 수 없으니 남자에게 부탁하게 되겠지요. 말이 좀 딴 길로 갑니다만 조선 여성들은 가정에만 들어가면 자기 개성은 영영 죽이고 그저 충실한 가정부인이 되려고만 하는 듯하여요. 그러나 서양 사람들은 그렇지 않아요. 가정을 가진 후도 충실한 가정부인이 되는 동시에 어디든지 자기의 개성을 살려가며 키워가는 것이외다. 저

의 이화여자전문 동창생들 가운데에는 그때 몇분은 졸업 후 꼭 큰 인물 될리라고 자타가 믿었든 것인데 한 번 가정에 들어간 후 그 존재조차 찾아볼 수 없어요. 그것이 무엇보다 쓸쓸하여요. 저도 졸업 당시에는 위대한 음악가가 되겠다는 양양한 야심을 가지었든 것인데 가정을 가지니 그리 마음대로 안되더구먼요. 그러나 아직 그 야심만은 버릴 수 없어요. 저는 음악 외에 문학을 즐기는데 서점을 경영한 후부터는 독서만은 더 하게 되니 그것만은 행으로 생각합니다.

기 : 많이 읽게 되니 많이 쓰시게 되겠지요?

이 : 우선 많이 읽으려 합니다.

기 : 요사이 문인 급 저널리스트 가운데는 로자영 씨는 백만장자 격으로 돈 잘 쓴다는 소문이 자자한대 그것은 아마 부인님 덕택이겠지요.

이 : 호호호… 천만에요. 모두 궁하신 문인과 저널리스트들 중에서 찻값이나 늘 갖고 있으니 그러하겠지요.

기 : 일에 고달픔을 느낄 때 없나요?

이 : 아니요. 저는 일을 언제나 즐거운 취미로 생각하고 하니 도로 바쁘면 바쁠수록 쾌미를 느끼게 됩니다.

기 : 판매는 경성 중심이에요?

이 : 물론 경성을 중심으로 합니다만 지방통신 판매에도 주력합니다. 신문과 잡지에 광고도 하고 목록도 삼백 원이나 들여 금춘에 만들었지요.

기 : 출판에도 힘쓰시겠지요?

이 : 예. 앞으로는 출판도 많이 하려합니다. 처음으로 서간집《홍미화 필 때》를 출판하였는데 그 성적이 퍽 좋은 편이에요. 그래 금후 힘 미치는 대로 출판 사업에도 힘쓰려 합니다.

바로 이때 부군 로자영 씨가 뛰어 드니 화제는 딴 데로 돌려지고 말았다. 더욱 이준숙 여사는 이화여자전문 음악과를 마친 뒤 어느 학교의 여교사로서 다년간 교편을 잡고 있다가 이제 인텔리 여성으로 남들이 아직 생각지 못하든 서점을 혼자 경영하고 게신 터0이다. 〈美貌의 書店 매담, 文士 盧春城 부인 李俊淑씨〉, 삼천리, 1937

도시의 만물, 백화점

오늘의 자본주의 경제에 있어 대자본에게 중소자본이 압박을 받고 구축을 당하고 있는 터이다. 그래서 대자본의 횡포가 나날이 심대해 간다. 이곳에서 쓰려는 소위 백화점이란 것도 역시 대자본 횡포의 산물 중 하나이다. 중소상업의 뒷덜미를 누르고 손님이란 손님의 발길은 모두 끌려고 하는 것이 곳 백화점의 주안점이다. 이러한 백화점에 조선의 중심지인 경성엔들 안 생길 리가 없다. 생긴 지 일천하지만 벌써 일본상계의 대표라고 볼 삼월오복점이 본정 입구 남편 광장에 또 이곳에서 멀지 않은 남대문통 2정목 요로에 정자옥이란 양대백화점이 호각의 세로 남촌 손님은 물론 북촌의 손님까지 몰려든다.

〈半島 最大의 百貨店 出現, -東亞百貨店의 內容과 外觀-, 얼마나 한 자본으로 엇더한 인물들이 경영하는 것인가?〉, 삼천리, 1932

화신백화점 구경기

화신, 요사이 서울 장안 사람들의 입과 입에서는 이「화신」이 한 가지 화제에 오르고 있음이 사실이다.

「세계적 권투선수 서정권이가 조선에 나왔다지….」

「그런데 참, 조선이 낳은 무희 최승희도 요사이 서울에 나왔다데.」

으레 요사이 장안 대로를 활보하는 서울 사람들의 입에서는 이런 종류의 이야기를 엿들을 수 있다. 그런가 하면 그들 중에서는 또한 으레 이런 말소리가 들린다.

「여보게, 자네 화신상회에 구경 안 갈라나? 15일부터 이쪽 본관으로 이전하고 특별 대매출을 하는데 우리 구경을 안 갈거나.」

확실히 요사이 서울 장안 사람들의 눈과 발을 멈추게 하는 것은 이 화신백화점이다. 종로 네거리를 지나는 사람이면 으레 5층의 건물로 새하얀 신장을 차린 화신백화점의 위용을 한번 씩은 가는 발을 멈추고 쳐다보고 간다.

한번 큰 화재가 일어난 뒤의 화신은 지난 8월 15일로써 다시금 전에 앞서게 5층에다 새로운 설비와 장치를 하여 놓고 서울 남촌의 삼월, 정자옥 등 대백화점들을 목을 길게 내여 뽑고 건너다보며 웃뜨럼이 종로 네거리에 솟아 있어, 개관 첫날 이른 아침부터 귀부인, 유한마담에서부터 룸펜에 이르기까지, 장안 사람들은 물밀 듯이 화신 문전에로 몰려 들어온다.

외부로 보아 5층의 양관으로 새로운 장식을 다한 화신은 과연 그 내부는 어떠하기로 수많은 사람들은 그렇게도 아침 아홉시로부터 저녁 열시까지 그칠 줄을 모르고 자꾸 몰려들어 오는가.

8월 15일 아침 9시 반, 기자도 화신 신관 이전을 흥미 있게 기다려 왔든 사람 중의 한 사람으로 첫날 아침으로 화신을 행해 걸어왔다. 마침 이날이 일요일이고 하니 으레 거저 구경이라도 할 양으로 몰려오는 사람들이 많으려니 생각하며 안국동을 거처 종로 네거리에 이르렀다.

화신 본관의 5층 누상에는 높이 「화신」의 표를 그린 붉은 깃대가 창천에 높이 훨훨 휘날리고 있고 신관 전면으로는 울긋불긋한 커다란 꽃다발 두 개가 달여 있어 이른 아침부터 말쑥하게 차리고 거리로 흘러 다니는 수많은 사람들의 시선을 한 군데로 집중 시키고 있다.

문 앞에 몰려드는 인파에 휩싸여 나도 그 속에 끼여 들어

셨다. 문안을 썩 들어서니 문밖에만 사람들이 밀리는 것이 아니고 점내는 더욱 사람들로 꽉 채워져 있다. 대개는 가정에서 통 터러 나온 모양이다. 어린 아이들과 늙은 노인들이 많음을 볼 수 있다. 겨우 그들의 틈을 피하여 눈을 살피니 1층에는 포목부와 금은부가 있다. 이 화신에서 이번 신관 이전을 기념하는 의미에서 모든 물가에서 2분 할인을 하는데 특히 금은속물에 한하여 할인이 없기에 역시 도시 소시민의 심정에는 크게 싼 물건이나 많은가 하고 몰려도 이 일층의 귀금속품부에 많은 사람들의 발자국이 드물어서 때 아닌 기현상을 나타내고 아래쪽 포목부에는 대개가 중류 이하의 가정 부인급들이 몰려와서 물건 흥정에 제각기 분주하다.

나는 이들의 틈을 솟아나서 2층으로 올라가니 제일 먼저 눈에 띠는 것은 식료품부로 이 곳 역시 전에 별다름 없는 설비와 장치로서 새로이 손님들의 시선을 끌 만한 점이 없다. 그런 관계인지, 별로 사람들이 몰리지 않는다. 나는 이리저리 새로 장치한 이모저모를 바라보며 이쪽 화장품부로 빠져나오니 이곳에는 모-던 여성들, 여학생들 급이 꽤 많이 몰려서서 새로이 뽑힌 세 사람의 신입여점원들이 어쩔 줄을 모르고 갈팡질팡한다.

벌써 2층 에레베-타 앞에는 한 번 보아 시골풍의 아낙네들이 어린 아이를 등에 업고 한손에는 아이들 손목을 잡고 서있는가 하면 중학생 급의 학생들이며, 점원 보이 급의 사람들이 몰려서서 새파란 양장의 제복을 한 에레베-타 운전수의 수줍어하는 얼굴에 일제히 정면사격을 하고 있다. 그들의 틈을 쑤시고 겨우 빠져 나오니 숨이 꽉 막힌다.

이쪽 수예품부에도 가정부인 급, 여학생 급들이 많이 모여 서있다. 그런데 대개가 새로 들어온 점원들이 많이들 보인다. 그 옆에 있는 문방구부에를 가니 이곳에는 마치 중학생 전용의 상점인 것과 같이 빈틈없이 고구라 양복생들이 제각기 물건을 사노라고 매우 바쁜 모양이다.

그 길로 발을 돌려 3층으로 올라가니 3층 전부가 양품부인데 장차 닥쳐 올 가을과 겨울을 맞이하여 새로 눈에 띄는 스타일의 양품과 신유행의 물건들이 많이 벌려져 있어 모던 급의 남녀들의 발꿈치를 멈추게 한다. 허나 처음부터 이 점내에 들어와서 인상되는 것은 손님은 그렇게 많은데 물건을 사러온 손님들은 극히 드물고 대부분은 일없이 지나는 서울 장안사람, 구경 좋아하는 시정인들의 심심소일로 들어온 무리가 대부분인 것을 즉각 할 수가 있다. 그리고 한 가지 눈에 띄는 것은 시골풍의 사람들이 많이 보이는 것이다. 거리로 다니는 사람들은 그렇게 많음을 볼 수 없으나, 이 안에 들어온 사람의 3분지 1은 시골 사람들과 같이 보이는 것으로 미루어 아마 서울에 올라온 시골 사람들은 기어이 이 화신을 구경하고 간다는 생각에서 몰려든 모양이다.

이 안에 들어와 한 가지 느낀 것은 삼월이나 정자옥 같이 곳곳에 「휴게소」를 만들어 놓지 않은 점이다. 이것은 확실히 결점으로 볼 수밖에는 없다. 상품 진열에 있어서는 남촌 대백화점들에게 못한 점을 별로 찾아낼 수 없으나, 아직 개관 시초이어서 그런지는 몰라도 상품이 그리 풍부하게 있지 못한 듯하다.

나는 휘누른 한 다리를 이끌어 4층으로 올라갔다. 양복부나, 부인 양복부나 화포부에는 그리 사람들이 많지 않다. 위쪽 사기부에는 신혼의 가정생활을 하는 듯한 부부들이 몇 쌍 떼를 지어 그릇들을 만져 볼 뿐이다.

나는 여기저기 무엇 신기한 것이나 발견할 듯이 시선을 돌리다가 문쯤 나의 시선은 한 곳에 그만 멈추고 말았다. 그것은 다른 것이 아니라 까만 프록코트를 입은 중년풍의 말쑥한 신사가 이리저리 시선을 돌니며 위층으로 사람들 속에 끼워 사라져 버리는 것을 발견하였다. 나의 날카로운 감각은 그가 확실히 사진에서 늘 보든, 박흥식 씨임을 즉각 할 수가 있었다. 아마 그는 개점 처음 물 끓는 듯하는 성황을 이루는 점내를 구경하려고 그렇게 돌아다니는 모양이다. 이여 나는 그의 뒤를 따라 맨 끝에 층인 5층으로 올라갔다. 아래편으로는 가구부, 악기부, 완구부 등이 있어서 별로 사람들의 시선을 끌만 하지 못한 대신에 오른편에 열려져 있는 특매품부에는 사람들이 한 덩어리가 되여 들끓고 있다. 아마 화신의 인기는 이곳으로 오로지 몰린 모양이다. 더 들어 갈 수도 없고 도루 물러설 수도 없이 사람들은 꽉 메여서 틈을 찾을 수 없다. 여러 가지 잡화품이 벌려져 있는 오른편에는 20전 균일 30전 균일 등의 패가 붙어 있다. 시정의 「소시민」들은 갑자기 싸진 물건을 사보겠다고 너나 할 것 없이 모두 이리로 몰려들었다.

제각기 값싼 물건을 쳐들고 점원을 부르는 광경, 신입 점원이 물품 싼 뭉치를 들고 손님을 찾는 광경. 어쩔 줄 모르고 바빠 날뛰는 점원들이야말로 일장의 수라장이다. 나는 서투른 에레베-타 운전수의 가느다란 목소리를 들으며 맨 아래층으로 나와 버렸다. 〈새로 落成된 伍層樓 和信百貨店求景記〉, 삼천리, 1935

백화점에 대한 범죄

백화점에 대한 범죄는 만빗기(훔치기)와 와스리(소매치기)가 제일 많다. 따라서 백화점에서도 이 범죄를 방지하기 위하야 2명 또는 3명의 청원사복형사 외에, 5명 내지 20명의 전임 감시원을 둔다.

만빗기에 대한 명칭도 각 백화점에 따라 다르다. 삼월에서는 김좌위문, 기타 화신이나 정자옥이나 삼중정이나 평전상점 같은 데는 이조, 라고 부른다. 만빗기에 대하여 각 백화점의 태도는 검거주의로서 감시원은 언제나 제복을 하나 모 백화점에는 방지주의로서 사복의 감시원을 두고 있다. 어느 편이 효과적이라고는 말하기 어려우나, 방지주의 편이 이상적인 것은 사실이다. 만빗기 범죄자를 서투른 사람이 7할, 상습의 전문가 3할, 남 3할에 여 7할의 비례다. 상품의 대부분은 일용 백화다. 스리는 흔히 에레베-타를 이용하는 것으로 척보고 경계하지 않으면 안 될 것은, 보통 사람은 에레베-타에 오르면 문 여다지 쪽을 향하여 서나 스리는 반대방향으로 서는 것이다. 이밖에 소매치기라는 것이 있다. 손님이 물품을 선택하고 있을 사이에 핸드백이나, 보자기 놓은 것을 도적질하는 범죄가 상당히 많다. 이하 백화점을 이용한 범죄를 조사하여 보면

A. 꼬리를 잡혔다 : 이것은 참으로 넌센스다. 어떤 겨울 어떤 귀부인 풍채를 가진 여자가 모물 매장에서 여우의 목도리를 훔처서 옷소매 속에 넣어서 나오려 하였으나 소매 밑으로부터 여우의 고미가 나와서 발견되었다고 한다. 거짓말 같지만 참말이다.

B. 상습자가 되기까지 : 보통 손님이 만빗기 상습자 되기까지의 경로에 대하여는 백화점 자신도 상당히 책임을 지지 않으면 안 되기 때문에 이런 실례를 말하는 것이다. 어떤 오복점에서 어떤 빌딩에 출장 판매하였든 바, 이때 어떤 화족의 차인이 물건 사러 왔다. 그런데 너무 잡답하여 얼마 기다려도 점원이 물품을 싸서 주지 않았다. 차인은 할 수 없이 손에 쥐고 이곳저곳 걸어 다니는 사이에 어느새 모

르고 밖에 나오게 되었다. 밖에 나와서 문득 생각한 때 오냐 이렇게 하면 쉽게 만빗기가 된다고 생각하였다. 그리하여 그대로 제1회의 범죄를 범하였다. 익일 다시 가서 같은 곳에서 아이들 의복을 가지고 돌아왔다. 그리하여 드디어 만빗기 상습자가 되여 버렸다. 그때부터 수 월 후 어떤 백화점의 화장품 매장에서 그 차인이 다녀간 직후에 향수병이 없어졌다. 따라가 보니 백발의 훌륭한 노인이다. 좋은 고객일는지도 몰라서 그냥 보내고 수 일 후 노인이 다시 점에 들어 왔길래 미행하여 본즉 모자 매장에서 걸으면서 물건을 훔치길래 즉시 발견하여 본즉 이 노인의 범죄자 될 때의 경로는 이러하였기로 백화점에도 상당히 책임이 있다고 생각하였다.

C. 점원의 범죄 : 이것은 점원과 외부인과 연락하여 행한 범죄 중 가장 교묘한 것으로서 이미 많이 하였고 현재 하고 있는 범죄다.

어떤 백화점의 포목점 매점에 A라고 하는 점원이 있어 B라는 외부인과 공히 범죄 하였다. 방법은 B가 그 백화점의 고객이다. 예하면 김모라는 이름을 이용하여서 A에 향하여 「자기는 서대문에 집이 있는 사람인데 부인의 입을 것과 주인의 의복 감을 5, 6필 보여 달라고」 하고 온다. A는 「네, 그렇게 하겠습니다」 하고는 6, 7필 내여서 B에게 주고 전표에 기입한다. 그러면 그 익일, A는 타 매장에서 B가 가지고 간 것과 같은 포목을 자기 매장에 가져다 두고 장부계 사람에게는 서대문 있는 김모가 그 포목이 마음에 들지 않는다고 전부 반품 하였습니다」 하고 반품전표를 건넨다. 이로서 만사 OK다. B가 가지고 간 물품을 다른 매장에서 가져오는 것은 조금도 괴이치 않게 교묘한 방법으로 하게 된다. 이것이 발견되는 것은 A의 매도한 물품이 허무하게 전부 마음에 들지 않아 반품했다는 데서 알 수 있다.

D. 정한 청 : 이것은 어떤 백화점이 개점하여서 얼마 안되어 어느 날에 있던 일이다. 한 남자가 서무에 뛰어들어왔다. 그것은 개점하여서 사흘만이다. 계상의 식당에서 「에비 후라이」를 먹고 그대로 전차에 앉아서 온천 갔던바, 전차 속에서부터 복병이 나서 온천에서 맛있게 놀지도 못하고 왔으니 손

해를 배상하라고 한다. 가까이 앉았던 사무원이 혹시 다른 점이 아닌가 물어도 꼭 이 점이올시다라고 하기로 식당주임을 불러서 조사하여 본즉 주임 왈「대단 미안한 말씀이올시다만은 다른 점이 아닙니까? 실은 개점 3일 간은 식당이 분주하여서 에비후라이는 휴업하였던데요.」하니 그만 무색하야 꽁무니를 빼고 말았다.

E. 뽑아치기의 : 사기가 아직 알려지지 않은 때, 어떤 백화점의 상품권계에 500원 권을 3매 지급히 가져오라는 전화가 있다. 가지고 간 점원은 머리 좋은 남자로서 현금과 인환하려고 500원 권을 회중에 넣고 공상을 보에 싸서 가지고 갔다. 고객 집 앞까지 나와 본즉 알지 못할 남자가「왜 이렇게 늦었냐 빨리 물건을 꺼내어 주오!」한다. 점원이 상자를 준즉 남자는 자동차고편으로 달아났다. 그 집에 들어가 물어본즉 그런 것을 주문한 일이 없다고 한다. 공상을 빼앗겼으나 대수롭지 않게 생각하고 점에 돌아와 웃어버렸다.」반듯이 점원은 머리 좋은 사람을 쓰면 모은다. 〈百貨店 犯罪는 엇더케 이러나나〉, 삼천리, 1935

결혼시장을 찾아서, 백화점의 미인시장

「좋은 색시 감을 구하려고」 문이 메여지게 모여드는 곳이 백화점이다. 누구든지 종로 네거리 화신백화점의 출입구나 정자옥, 미쓰꼬시, 히라다, 미나까이 같은 큰 백화점으로 다리를 옮겨 보면 도색(桃色)의 꿈을 가슴 속 깊이 감춘 스마-트한 청년들이 물건 보기 보다 거기서 나비같이 경쾌하게 써-비스 하는 숍-걸들을 바라보기에 정신없는 광경을 본다.

아침부터 밤까지 수 천 수 만으로 해는 손님 그 중에도 이십 이삼 세 학교를 갓 마치었거나 겨우 직업을 얻어 샐러리맨이 된 젊은 청년들이 모여들어 은근히 제 배필을 구하는 이 광경! 이것이야말로 남녀교제의 관문이 꽉 막힌 밀폐된 결혼시장의 문을 열어주는 귀여운 존재라 아니할 수 없다. 부모의 압제, 사회의 압제, 교회의 압제 속에 이성을 마음대로 대할 기회라고 없는 불행한 젊은 피의 소유자에 자유로 개방된 천지다.

1934년대에 화려하게 등장하는 꽃으로 장식한 이 연분홍빛의 결혼시장을 찾아보고자 기자는 지난 달 그믐도 가까운 어느 날 백화점 순례로 나섰다.

백화점의 연애방정식

백화점 중에 제일 결혼률이 많은 곳은 진고개 어구에 잇는 「미쓰꼬시」라 하는데 물론 이 말은 일본 아가씨들을 가르친 말이 되겠지만 현재 미쓰꼬시에는 약 이십삼사 명의 조선 여성도 「우리꼬(賣り子)」가 되어 있음으로 조선 여성에도 적용이 되는 말이겠다.

미쓰꼬시의 숍-걸은 비교적 다른 백화점에 비하여 받는 급료가 좋다. 보통 30원은 되는 모양이요 미쓰꼬시가 원래 진고개에 있어 일본서 건너오는 부르주아 친구들을 전혀 고객으로 하는 만큼 인물선택을 가장 엄격하게 한다고 들었다. 그래서 대개가 순명이나 진명이나 여자 상업을 마치고 그리고 그 가정이 비교적 점잖은 집안의 따님들을 채용하는데 그 보다도 얼굴과 스타일이 아름다운 이를 채용하는 것을 선결조건으로 삼는다. 그래서 백화점에 일하는 『제복의 처녀』들은 첫째 용서(容姿)와 언어동작이 아름다워서 고객의 호감을 끈다.

「미쓰꼬시에는 일 년 이상 가는 『우리꼬』가 없다」하는 말이 있다. 이렇게 용모도 어여쁘고 지식도 얌전하니까 취직하여 속하면 일이 개월 만에 늦어도 칠팔 개월 내지 일개

년 정도이면 대개 시집을 가버리어 백화점을 그만둔다고 한다. 하루에도 수백 수천 명의 앞에 얼굴을 내어놓는 장사이기에 그 수천 수백 명 속에 색시 구하는 당상군자(堂上君子)가 섞여 있다가 어느 매장 몇 호 우리꼬에 마음이 쏠렸다 하면 이런 방법 저런 방법으로 결국 그 여성과 가까워져서 나중에는 천도교 기념관이나 공회당에서 웨딩 마-치에 맞추어 결혼식장에 서는 두 젊은 신랑 신부가 되는 모양이다.

미쓰꼬시 이외에도 정자옥, 히라다, 미나까이 같은 백화점에도 각각 조선 여성이 20여 명씩 있어 대개 이상에 이야기 한 미쓰꼬시의 여성들과 같은 운명을 밟는 이가 많다.

미인과 정책

그렇지만 백화점 결혼시장의 핵심은 역시 종로에 있으니 만치 화신백화점이 최상이다. 화신백화점에는 현재 열오륙 세로부터 스물이삼 세까지 숍-걸 수가 약 70명 나는데 이 제복의 처녀들은 대개 여자상업학교 출신이 제일 많고 진명, 숙명, 이화, 정신 등이 그 다음인데 식당에 있는 나이 어린 여점원들도 보통학교를 졸업 아니한 이가 없다 한다.

원래 인사과에서 여점원 채용하는 규칙이 고등여학교 졸업생 그렇지 않으면 이삼 학년이라도 다니다가 만 여성 그리고 식당의 여급사들은 적어도 보통학교 졸업 정도라 하여 놓았기에 인텔리 색시들이 모여드는 터이다.
이 여성들이 받는 보수는 고등여학교 졸업 정도가 일급 80전에서부터 잘 받아서 1원, 보통학교 졸업이면 평균 50전에서 60전 그리고 저녁 한 끼 만은 백화점에서 먹여주는데 그 한 끼를 평균 10전씩 치면 3원 이럭저럭 모든 수입을 합치면 26원에서 30원에 불과하다. 그러고 활동시간은 아침 10시부터 밤 10시까지 12시간 노동한다.
그러나 젊은 여성들이 비록 직업전선이라고 뛰어 들어왔지만은 고달프기가 그지없다. 더구나 십칠팔 세로부터 스물한두 살 정도라 하면 여성의 신체에 가장 심한 변화가 이는 때라 장장 12시간을 서고 있는 동안에 경도 같은 것이 고를 되가 없다. 그럼으로 여성들도 사실 좋은 『해스』를 만난다면 여점원을 하루 급히 면하고 싶어 할 것이다. 이 까닭에 백화점 여점원의 결혼율이 높아지는 줄도 알겠다.
그렇지만 들리는 말에 다른 백화점에 비하여 화신백화점

여점원의 결혼률이 비교적 적은 것이 정평이라 한다. 일이 개월은 고사하고 이삼 년 근속하는 색시가 대부분이라는 데 그 까닭은 양가집 따님들이 많아서 밤 10시 상점문을 닫은 뒤 집으로 돌아 갈 때에도 대개 그 부모가 데리러 와서 함께 보호하여 가버림으로 반하여 다니는 남성이 있었다 할지라도 그 기회가 없어 그렇다고 한다. 그러나 그도 이유겠지만「화신백화점에는 미인이 없다」하고 평하는 이가 대부분임으로 아마 미인이 없는 까닭에 결혼률이 적은 것이 사실일 것 같다.

그리고 듣건데 백화점 당국에서도 미쓰꼬시나 미나까이 모양으로 여점원을 채용할 때에 미인 본위로 하지 않는다고 한다. 아마 얼굴 어여뻐 속히 시집가는 것보다 어여쁘지 못하여 여러 해 근속하기를 바라는 심리로 그러는지 실상은 모른다. 그래서 일 년에 결혼 때문에 물러가는 여점원 수가 5, 6인 정도에 불과하다고 한다.

어쨌든 현재 서울에는 다섯 백화점에 조선 여성인 여점원이 200명 가까이 있다. 200명을 모아 놓은 미인시장이라 하면 옛날 전설에서 듣든 그리스의 여인시장 이외에 없다. 그러기에 우리 조선에서는 이것이 가장 큰 결혼시장이 아니되지 않을 수 없다. 그러면 과거에 어떠한 『로-맨스』가 이 백화점의 미인시장에 피어 있었든고. 그 로-맨스 두세 가지를 주워 모아 보리라.

로-맨스 두 가지

K라는 청년이 있었다. 동경 가서 K대를 마치고 나왔다. 그러나 이성이 그리운 연령에 달했건만 배필을 구할 길이라고 없었다. 혹 여학교의 선생이나 아는 이가 있으면 그 길수를 알 수도 있겠지만 이성을 만날 기회라고 없어 번민하였다. 그러다가 하루는 A백화점에 갔다. 3층 문방구 파는 데 올라가니 그의 눈앞에 나이팅게일같이 청초하게 생긴 어떤 어여쁜 여성이 점원 옷을 입고 손님을 맞고 있었다. K는 그 순간 커다란 충동과 흥분을 느꼈다. 그래서 별로 필요도 없는 만년필과 공책을 사고 돌아왔다. 쓸쓸한 하숙에 오니 아까 그 얌전한 여성의 모양이 잊혀지지 않는다. 용모가 저렇게 얌전할 때는 교육도 상당하겠거니 용모가 저렇게 아름다울 때는 가정도 상당하려니 이러한 공상을 하룻밤을 꼬박 새면서 한 뒤 이튿날 또 그 백화점으로 갔다. 가서 또 문방구를 사고 원거리 외짝 연애만을 하면서

돌아왔다. 이러기를 사오일 계속하였다. 물론 말이라고

「이건 얼마에요?」

「네, 얼마입니다.」

하는 사고 파는 홍정 이야기밖에 못하였다. K는 참다 못하여 자기 친구를 데리고 또 다시 갔다. 그 친구 되는 학생은 마음을 아는지라 그 여자와 물건 홍정 하는 김에 악의 없이 점잖게 이름을 물어보았다. 그러나 그 여자는 얼굴이 홱 불거지며 대답이 없었다. 다시

「그러면 어디 사십니까?」

그제야

「XX동 52번지올시다.」

함이었다. 친구는 곧 그길로 XX동 52번지 부근을 찾았다. 이름을 데는 것은 외간 남자에게 경솔한 일이지만 만일 할 말이 있거든 내 집 부모에게 문의하십시오, 하듯이 자기 집 번지를 가르쳐 주는 태도에 상당히 교양 있고 품격 있는 집안의 따님이라고 감격하였다. 이리하여 그 집을 조사하여보니 마침 그것이 그 친구가 잘 아는 의학전문학교 다니는 자기 친구의 집이라. 그 여성은 바로 의전 학생의 누이 동생이었다. 이리하여 이럭저럭 한 절차를 지나서 마침

내 3개월 뒤엔 공회당 너른 홀에서 K와 그 여성은 결혼하였다. 결혼하여 지금은 어린아이까지 있는 행복스러운 가정을 이루고 산다.

나는 K가 그때 점원 감독의 눈을 슬슬 피하면서 그 점원에게 러브레터를 비밀히 주던 이야기를 K로부터 들었고, 그 편지도 내 손에 두 석장 들어와 있지만 본인의 명예를 위하여 여기에 공개하기를 피한다. 데파-드멘트 스토아에 피는 로-맨스는 퍽이나 만치만 또 이제 더 한 가지만 적고 이 붓을 멈추겠다.

또 하나의 이야기는 XX북도에서 금광으로 거대한 부자가 된 어떤 신사 한분이 서울을 나와서 어느 백화점에 여송연을 사러 들어갔다. 담배를 파는 여점원 한명이 장한몽에 나오는 최만경(崔萬慶)이 만큼이나 추파를 보내든 모양으로 거기에서 서로 밀회가 생기며 그 며칠 뒤에는 스피-드 진행으로 자동차 드라이브가 생기고 그리고는 손에 손을 맞잡고 온양온천 행까지 전개되었다. 이리하여 끝끝내 그 여점원 씨는 그 백화점을 그만두고 그 금광 씨의 제 몇째 부인으로 서린동 어떤 골목에 청초한 보금자리까지 장만하는 결론에 이르렀다. 이것은 조금 점잖지 못한 결혼시장의 풍경이다.

아무튼 반도의 올드 미스, 올드 보이를 위하여 백화점이 차츰 아름다운 그리고 번화스러운 결혼시장이 되어 가려 하고 있다. 〈結婚市場을 차저서, 百貨店의 美人市場〉, 삼천리, 1934

백화점·연쇄점에 대한 소매점의 대항책

백화점의 대세관

서울은 인구 30만이다. 30만이 사는 서울 장안에 백화점이 몇 개나 있는가 하면 북촌에 화신, 남촌에 삼월, 정자옥, 삼중정, 평전 등 다섯 개나 된다.

나는 이 현상을 바라볼 때에 서울에는 백화점이 너무 많다고 본다. 많다함은 영업이 잘되지 않을 염려가 생긴다 함이니 소비량도 적고 점포는 대규모로 늘 유지하지 않아서는 안 될 경우라면 수판을 들고 앉아서야 할 그 장사 속은 골치 않을 수 없어 그 중에 몇몇은 비운에 빠지지 않을 수 없을 위험이 있다함이다.

전문가의 관측에 의하면 인구 10만에 백화점 하나라 한다. 즉 원칙적으로 보아 적어도 10만 명 사는 도회지 아니면 백화점 낼 생각을 말라함이니 아무리 적더라도 백화점 하나가 서자면 소비군중 10만은 끼고 있지 않아서는 해나갈 수 없다함이다.

그런데 30만에 다섯이면 한 백화점에 6만 명이 되나마나 하지 않는가. 6할에 해당하는 소비군중을 낀 그 위에다가 총독부를 위하여 체신국, 철도국, 은행, 회사 내에 상당한 융통자금을 가지고 있는 강력한 구매조합이 여럿이 있으니 백화점의 고객은 더욱 그 비율이 줄어들지 않을 수 없는 형편이다.

나는 대판(오사카)과 동경에도 전일 동아백화점 시대에 여러 번 연구차로 다녀온 일이 있거니와, 현재 대판에는 백화점이 여덟 군데가 있다. 대판시의 인구는 30만이요, 낮이 되면 시외 근교로부터 모여드는 유동인구가 100만이 있어 결국 400만 명에 여덟 개다. 한 개에 50만 명의 고객을 끼고 있는 셈이 된다. 서울에 비하여 여덟 배가 아닌가.

또 동경은 어떠한가. 고정인구 400만에 낮에 시외로부터 들어오는 유동인구 200만, 모두 600만 명에 대하여 삼월, 송판옥, 대환백목옥, 고도옥 등 아홉 개가 있다. 이것도 거지 반 70만 명에 일점의 비례다.

하물며 동경, 대판 시민의 소비고를 빈약한 서울 시민에 비교하랴. 그렇건만 아무리 자본금 많이 가지고 하루에 십여 만의 고객을 탄토하는 소문난 한다하는 백화점이라도 일할 이분 이상의 배당을 하는 곳을 못보았다. 그 경영이 얼마나 어려움을 증좌함이 아닌가.

지금 조선에는 백화점 열이 비등하고 있다. 인구 15만인 평양에 또한 정자옥 있지, 삼중정이 있지, 게다가 김응수 씨의 평안백화점이 남대문통에 섰다. 또 10만이 되나마나 한 대구에도 또한 삼중정이 새로 서려하고, 그 밖에 무에라든가 하는 백화점 하나가 서있다.

이 뒤에도 소매상하여 별로 수를 못 보는 사람들이 상약을 변경하여 4, 5만이라도 모여 앉은 도회지를 찾아 백화점 경영으로 진출할 것 같이 추측된다. 그렇지만 아까도 말하였거니와 나는 소도시의 백화점 경영은 위태하다고 본다. 수가 너무 많다.

내 추측에 의하면 서울 북촌, 조선 사람 상가에서 하루 팔리는 잡화 매상고가 1만 2천 원 내외라고 본다. 이 중에 절반인 약 6천 원이 화신백화점에서 팔리는 액수요, 그 나머지가 덕영이라든지 동아부인상회라든지, 그 밖에 몇 군데 아니 되는 소매상점에서 팔리는 것일 것이다. 듣는 바에 의하면 어느 백화점에서는 일일 최저 3천 원, 최상 1만2천원 매상이라는데 그 평균을 6천 원으로 아니 잡을 수 없다.

그런데 사입지가 뻔하여 폭리를 남길 수 없는 것이 오늘의 상계현상이라 잡화에 일할 내지 이할 리를 칠가, 매일 6천 원 잡고 한 달 18만 원 매상에 대하여 일할 이분의 리를 취한다할지라도 2만 수천 원 밖에 아니 되는데 수 3명의 점원 급료를 주고, 전등세 물고 집세 물고 뭐에 여유 있으랴. 서울 백화점계의 현상이 이러하거든 조그마한 시골에서 백화점 벌린 데도 얼마나 발전할는지 의문을 아니 느낄 수 없다.

백화점이 가장 발전된다는 미국을 보아도 「긴벨」 같은 상점에서 년 일억 만 불 이상 팔았다 하지만 순익이 해마다 줄어가서 1925년에 순익 100분지 1, 4이든 것이 1928년에는 겨우 1000분지 7밖에 아니 되었고, 최근은 불경기로 더욱 말이 못된다든가, 벌써 상해에서는 폐문한 대백화점이 수삼 곳까지 있다 한다.

그렇지만 소매상 입장에서 보면 백화점 존재가 큰 두통꺼

리가 아니 될 수 없다. 이왕 있든 고객들도 백화점으로 빼앗기고, 더구나 시골서 올라오는 유동고객은 대부분 백화점에 탈취를 당한다. 백화점은 첫째, 점포가 화려하여 중인의 주목을 끌고, 둘째, 정찰제도 있어 안심하고 물품살 수 있다는 무형의 신용이 있고, 셋째, 한 곳에 백 가지 천 가지다 구비하여 있으니 편리하니까 자연히 발길이 거기에 옮아간다.

여기에서 소매상은 비오를 아니 칠 수가 없다. 우리보다 먼저 동경 중소상업자 사이에 백화점 대항을 위하여 몇 해 전에 고심참담 한 선례가 있었으니, 그것이 소화 6년 여름 일이라 동경상점회연맹이란 것을 중소상업자가 결성하고 별 일을 다 생각하여 실시하여 보았다. 첫째, 공동 사입을 하여 싼 값에 물품을 드려올 것, 둘째, 광고도 같이 연락을 취하여 하고, 선전도 같이하고, 심지어 자동차를 공동으로 두어 고객에게 보내는 물품배달을 편의 있게 하기로 온갖 지혜를 다 짜내 보았지만, 결국 대부분이 실패에 그치고 말았다. 소매상의 단결이란 말이 쉽지 실제에는 잘 되지 않는 것이다. 단결의 힘을 빌려 대 자본에 대항한다 함은 아름다운 일이나, 이리되면 백화점은 원가조차 끊어서

부당한 염매정책으로 소매상을 누른다. 여기에는 당하는 재주가 없다. 그렇다고 소매상도 백화점 모양으로 남매를 할 수 없으니 하기만 하면 부득이 파산을 아니 할 수가 없는 까닭이니까.

소매상 단결 난

이때에 생각나는 일은 나의 실제 경험한 사실이다. 나는 원래 은행의 한 사무원으로 있으면서 월 수백 원 정도를 받는 샐러리맨이었다. 그러다가 착목한 것이 잡화라 그때 서울 상계를 보면 3원짜리면 손님을 보아가며 10원도 부르고 5원도 부른다. 부르는 것이 값이다. 손님 측에서는 의례히 깎는다. 그래서 잘 깎으면 3원짜리를 제3원에, 또는 원가도 끊는 2원 4, 50전에라도 사고 잘 못 깎으면 7원 8원 10원에도 사게 된다. 에누리가 어떻게 많은지 도무지 고객은 대종 할 수 없어 불안하였다. 그때 내가 생각한 것이 정찰제도라, 정찰을 붙여 우선 가격을 안정시켜 장사하여 보자하여 덕원상점이란 조그마한 점포를 내었다. 그래서 원가에 일 할 쯤 붙여 정찰을 매겼더니 손님이라고 도무지 들어오지 않는다. 이에 사입을 싸게 할 뿐더러, 그 사

입 한 원가대로 정찰을 붙였다. 그랬더니 그제야 월 6백 원의 매상이 있었다. 상점 경비는 내의 월급 백 원 중 생활비로 30원을 제하고 나머지 70원을 내어 놓아서 그것으로 썼다. 1년 가서 총결산하니 밑진 금액이 5백여 원이라 이것은 물품을 도적맞은 것이라, 손님에게와 점원에게 당한 것이 아니라면 원가에 사다가 원가대로 판 내 장사에 축이 날 까닭이 없는 것이다. 「만인き」 말이 났으니 말이지 백화점의 최대고통은 이 「만인き」다. 그러기에 동경 대판의 경향을 보면 점원으로 높은 교양이 있는, 손장난 아니 하는 대학 출신들을 갔다 쓴다.

아무튼 이리되자 그 다음에 생각한 것이 사입을 싸게 하여야 한다는 생각으로 대판으로 들어갔다. 그때 서울 상인치고 누구하나 직접 사입 하는 이는 없었다. 모두 진고개 상인들에게서 도매 맡아다가 판 것이었다. 대판에 사입부를 두자니 점포차입의 월세 100원, 점원 일인 급 50원, 교제비 200원, 통신 급 잡화비 50원이라 하여 월 500원 경비가 들었다. 그렇지만 이렇게 년 6천 원의 경비가 들고도 원체 사입을 잘 하게 되니까 그 해 결산에 4천원의 이윤이 남았다. 이왕 이러할 바에는 규모를 늘린다하여 종로, 동대문 등

조그만 지점 4, 5곳을 내고 나중에 동아부인상회를 내고, 대구, 광주, 순천 등 7, 8곳 지방에조차 지점을 내었다.

그때 서울형편은 나의 덕원상점 계통 외에 잡화상 5, 6곳이 있었다. 이 5, 6곳에서 덕원에 대항하는 의미의 소매상연맹이 결성되었다. 물론 우리는 빼버리고, 그래서 이 소매상단체에서 월 50원씩 모아 일 년이 되거든 그 돈으로 대판에 공동 사입부를 두고 공동 사입을 하자고 결의하였다. 그러나 그 돈도 잘 모아지지 않던 중, 때마침 창덕궁 순종께서 돌아가서서 서울에는 인산으로 수십 만 사람들이 모여왔다. 인산날 상인들이 대거를 모시기로 한 바 상인이란 포목상조합이라든지, 소매상조합이라든지 하는 단체명하에서만 참가 할 수 있었는데 나는 소매상조합에 가입시켜 주지 않아 우리 덕원상점 급 동아부인상점의 점원들은 대여 메는 영광에 참여 할 수 없었다. 점원들의 불평이란 참으로 컸다.

나는 인산날 무료하게 있다가 오후가 되어 하도 갑갑하니까 점원더러 심심풀이로 점방 한 귀퉁이만 열라 하였더니 지방에서 올라 온 인산 객들이 어떻게 많이 밀려오는지 삽시간에 4천여 원의 매상이 있었다. 당장 내려갈 터인데 서울 안은 모두 철수하였으니 망설이던 때 우리가 연 것을 보고 쏟아져 들어 온 것이다.
그 이튿날 모든 잡화점에서는 점원들이 금곡까지 갔다 와서 모두 곤하고 발이 부르터 개시 못하는데 우리만 하였더니 그 하루 동안 동아부인상회서만 2만 4천원이란 거액의 매상이 있었다. 이 일은 우연한 사이지만은 소매상 대 백화점의 경쟁이란 이모저모로 이렇게 어렵다는 것이다.

연쇄점에 대한 대항책

그런데 조선은 서울 지방할 것 없이 중소매상에는 이 백화점 외에 또 한 가지 어려운 난관을 직면하고 있다. 그것은 새로 화신서 계획하는 연쇄점이라. 들리는 말에 의하면 중요시장 일천개소에 연쇄점을 둔다하여 소매상들은 크게 공포심을 느끼고 있다고 전한다.
나는 박 씨의 이 연쇄점이 충분한 성공을 하기를 애심으로 비는 자 중 한 사람 이거니와, 그러나 내 소견을 말한다면 나는 연쇄점은 미국 같은 고도문화의 국가에서나 성공할 일이지 조선 같은 데서는 성공하기 어렵다고 본다.
누구 손에서 경영되든지 간에 조선서 연쇄점을 하자면 포목 같은 시세물은 착수할 수 없고, 또 의식주의 실제생활 중 가장 중요한 식량인 미곡도 취급할 수 없고, 겨우 할 수 있는 건 잡화뿐이리라. 잡화 중에도 넥타이, 와이샤쓰, 비누, 양말, 샤쓰 등 문화인의 일용품일터인데 지금 조선 각지의 시장을 돌아보면 가장 많이 팔리는 물품은 양잿물과 성냥갑 등이다. 넥타이, 와이샤쓰 등은 도회지에서 밖에 장사가 안 된다. 도회지란 원산, 대구, 부산, 광주, 신의주, 함흥, 인천 등 십여 곳이나 될까. 그 나머지 일천시장의 중요 상품은 오직 녹그릇, 질그릇, 양잿물, 춘향전, 성냥갑, 물감 등이라.

그런데 이 종류의 물건이란 시세가 꼭 일정하다. 원가에 운임 붙여 조금 보태 팔 뿐인데 이와 같이 누구나 직접 사입 할 수 있는 물품만 가지고는 연쇄점이 잘 안될 것이니 연쇄점에 오분이면 오분, 일할이면 일할의 중간 이익을 먹어야 할 까닭이 없는 줄을 잘 알기 까닭이다. 그러기에 조선 같은데서 연쇄점을 하자면 대판 공장이나 동경 공장에서도 만들 수 없는 특별한 생산 공장을 가지고서 거기에서 그 연쇄점이 아니면 만들어 낼 수 없는 물품을 만들어 팔아야 할 것이다.

오히려 연쇄점 할 자격은 조고약방(趙膏藥房)에 있다 할 것이다. 즉 연쇄점하여서 취급할 물품의 범위가 극히 좁은 것 또 생산 공장을 가져야 할 것이로되 그가 절대 불가능한 것. 그리고 또 한 가지 생각할 일은 추산컨대 지금 전 조선과 조선인 측 잡화상 측에 「스톡크」 되여 있는 물품이 약 일천만원어치 있는데, 화신연쇄점이 완성하여 가령 금추부터 일천 개의 연쇄점이 지방마다 선다 하자. 아무리 적게 처도 한 상점에서 처음 일천원 정도의 물품을 끌어오리라. 일천 원에 일천 점이면 일백만 원의 잡화가 탁 들어 몰릴 터이니 약 일할 인의 과잉상품이 조선 시장에 퍼져있게 될 것이다. 그런데 조선 사람의 소화능력이 일할 인이 증가되겠느냐 하면 작금의 수해 기타로 부쩍 줄면 줄었지 늘지 않을 것이다. 이리되면 재래상하고 신설 연쇄점하고 사이에 염가투매, 경쟁남매가 생길 것이라. 이 결과 둘이 다 부상하지 않을런가.

전문상으로 발전하라

연쇄점과 백화점 출현 열에 놀란 가슴을 안고 소매상인들이 내게 그 대책을 물으면 나는 늘 이렇게 대답한다.

「아직은 괜찮다. 아무 근심할 것 없다. 다만 영구 지
책으로 전문상이 되라.」

즉 문방구면 문방구만, 양말이면 양말만 이렇게 전문상이 된다면 부분적으로 능히 대항할 길과 활로가 생기리라고 나는 보고 있다. 〈百貨店 · 連鎖店에 對抗策〉, 삼천리, 1934

서울에 딴스홀을 허(許)하라

“원 스텝도 잘할 줄 모르는데 한 번은 워싱턴 어떤 야회에 갔는데 어떤 귀부인이 딴스하자고 하였지요. 마지못해 끌려나갔더니 「왈츠」를 해요. 겨우 두어 번 따라 돌다가 그만 그 여자의 구두끈을 밟았습니다그려. 춤도 정지되고 나는 그런 실례 없어 얼굴이 빨개져 한 모퉁이에 서 있노라니 그 부인이 도로 허리를 굽히며 「아이 춤추실 줄 모르는 것을 제가 청하여 미안하였소이다.」 하였지요. 그때 참 땀이 났어요.”

〈딴스하여 보셧서요?〉, 삼천리, 1936

경무국장께 보내는 아등의 편지

우리들은 이제 서울에 딴스홀을 허하여 줍시사고 연명으로 각하에게 청하옵나이다.

만일 서울에 두기가 곤란한 점이 있거든 마치 대판에서 시내에는 안 되지만 부외(府外)에 허하듯이, 서울 근접한 한강 건너 저 영등포나 동대문 외 청량리 같은 곳에 두어 줍시사고 청하나이다.

우리들은 대개 동경도 다녀왔고 상해, 하얼빈도 다녀왔고, 개중에는 서양까지 다녀온 사람들이 있습니다. 일본 내지의 동경, 신호, 횡빈 등지를 돌아보거나 상해, 남경, 북경으로 돌아보거나 가까이 대련, 봉천, 신경을 돌아보거나 거기에는 모두 「딴스홀」이 있어 건전한 오락이 성하고 있는 것을 보고 우리들은 부럽기를 마지아니합니다. 일본제국의 온갖 판도 내와 아시아의 문명 도시에는 어느 곳이든 다 있는 딴스홀이 유독 우리 조선에만, 우리 서울에만 허락되지 않는다 함은 심히 통한할 일로 이제 각하에게 이 글을 드리는 본의도 오직 여기 있나이다.

각하는 딴스를 한갓 유한계급의 오락이요, 또한 사회를 부란 식히는 세기말적 악취미라고 보십니까. 그런 생각을 가지고 사교 딴스 조차 막는 것이라면 그것은 분명히 각하의 잘못 인지함이로소이다. 우리들은 일본 내지에 있어서의 딴스 발달사를 잘 압니다. 지금부터 40년 전 명치유신을 완성하고 서양 문명국과 평등을 주장하려 할 적에 이등박문, 육오종광 등 유신의 제공신들이 동경 록명관에 딴스, 파-티를 성히 열고 영국공사 「빠크」 이하 열국외교관들로 더불어 성히 딴스를 하면서 크게 국제적 사교를 하지 않았습니까. 이 어찌 정부요로 대관들만, 상류의 외국사신들과 교제하는 것으로 능을 삼었으리까. 국민도 국민끼리라는 정신에서 또한 시정에 딴스홀을 많이 허락하여 영미인들과 내지인들이 어울려 딴스하면서 크게 인민끼리의 친교를 맺지 않았습니까.

그러다가 「딴스홀」을 허하여 줌으로부터 풍교상 좋지 못하다 하여 내무대신의 탄압으로 일시는 침묵하였으나 그러나 구미 문명의 풍조와 인생 오락의 본능으로 불어오는 이 요구를 무리하게 막을 수 없어, 마침내 소화 2년 즈음부터 다시 허락하기로 되여, 유행계를 풍미하게 된 것이 아니오니까. 그도 응접실과 특수한 집회소의 오락에만 만족지 못하여 마침내 가두로 나아온 것이 아니오리까.

그래서 소화 3년에는 동경경시청 관내에 3개소이든 것이 소화 7년에는 8개소로 격증했고, 그 뒤로는 비록 동경 시내에는 허락되지 않았으나 자동차면 10분 20분, 멀어야 반 시간, 한 시간이면 갈 수 있는 기옥현, 신내천현, 천엽현에 딴스홀이 부쩍 늘어서 횡빈에 있는 것까지 합치면 20곳이나 되며, 거기다가 경도, 대판, 신호, 자하현, 별부에 있는 것까지 합치면 동경, 횡빈과 경판신에 있는 것만 53곳이 된다고 합니다. 어찌 이뿐이오리까. 이름은 사교 딴스라 하나 사실 일반 딴스와 별로 차별이 없는 쏘사이어티, 딴스홀이 동경에만 벌써 50여 곳이 따로 있지 않습니까.

각하는 동경에서 몇 해 전에 일어난 유한마담들이 불량 딴스 교사와의 사이에 일으킨 도색유희사건이나, 상류 가정 영양들과 딴스교 사이에 이러난 풍기사건들을 들어, 딴스는 세상을 그르치게 하는 오락이라고 하기 쉬우리다. 그것은 어쩌다가 생긴 한두 가지 예외요, 신문지를 놀라게 하든 그 여러 사건 뒤 경시청의 취체가 엄하여지면서 불량교사의 처분, 부량 딴스 홀의 쇄청 등이 있은 뒤로는 지금은 동경의 상하가정의 온갖 신사숙녀가 모두 명랑하고 즐겁게 딴스홀에 출입하고 있지 않습니까, 그런 것은 오직 당국에서 취체하기에 따라 모든 폐해를 능히 막을 수 있을 줄 압니다.

만일, 그래도 딴스홀을 허락하면 딴서들의 유혹으로 청년들이 타락하리라고 근심하십니까? 그렇다면, 거리거리에 술 먹고 주정부리게 하는 수많은 카페-는 어째서 공허하였으며 더구나 화류병을 퍼뜨리고 음란한 풍조를 흘리는 공창과 매소부들은 어째서 허락하였습니까? 딴스를 하기 때문에 타락한다 하면 그 사람은 딴스를 아니해도 타락할 사람일 것이외다.

우리는 잘 압니다. 일본 내지의 전통적 습관인 저 제례 때의 봉오도리(盆踊)를, 일 년 열두 달 두고 피땀을 흘려가며 일하든 남녀가 이날 저녁 서로 엉클기어 춤추고 노래하는 즐거운 그 광경을. 그러나 봉오도리 때문에 선남선녀가 타락했다는 말을 못 들었습니다.

또 지난 번의 대판매일신문을 보면 부산현 각 여학교에서는 「오와라오도리(おわら踊り)」 등 제복의 처녀들에게 레코-드에 맞춰 체조 대신에 춤을 배워주고 있고 동경에 많이 있는 「화가학교(花嫁學校)」에서도 모두 딴스를 가르쳐

주고 있고 회진약송 등지에서는 부녀회와 애국부인회의 마나님들조차 딴스를 배우고 있다 합니다. 장차 선생님이 될 여학생을 가르치고 있는 여자사범학교에서조차 이름은 체육 딴스, 사교 딴스라 하나, 그 실로 「폭스」, 「킥」, 「슬로-」, 「원스텝」 같은 딴스를 배워주고 있다 하지 않습니까.

만주사변 즉후에 우탄 전 총독은 서울 있는 신문기자를 향하여 국가 비상시에 딴스는 허가할 수 없다고 말했습니다. 그러나 만주사변은 모두 이제는 평정하게 되고 평화의 기상이 세상에 차고 있지 않습니까.
혹여 각하의 귀에 완고한 부노들과 시대사조를 모르는 도덕가들이 딴스홀을 허락하면 풍기문제 이외에 「돈」을 낭비하게 될 터이니 좋지 못한 것이라고 진언할는지 모릅니다. 그러나 그것은 일지반해의 도이니 지금 우리가 알기에는 조선사람들이 사교합네 하고 가는 곳이 명월관이나, 식도원 같은 요리점이로소이다. 그런 곳에 가면 하루 저녁 적게 써도 4, 50원의 유흥비를 내고 맙니다. 그러나 딴스홀에 가면 한 스텝에 5전 10전 하는 티켓값만 있으면 하루 저녁을 유쾌하게 놀고 올 것이 아니오리까. 이것이 술 먹고 주정부리고 그래서 돈 없애고 건강을 없애는데 비하여 얼마나 경제적이고 문화적이오리까.
세상의 교육가 부인도, 관공리 부인도 은행, 회사원 부인도 모두 요릿집보다는 차라리 딴스홀에 그 남편이 출입함을 원할 것이외다. 어찌 원하고만 있으리까. 명랑하고 점잖은 사교 딴스홀이면 부부 동반하여 하루 저녁 유쾌하게 놀고 올 것이 아닙니까. 이리되면 가정부인에겐들 얼마나 칭송을 받으리까. 더구나 4년 후에는 국제올림픽 대회가 동경에 열려 구아연락(歐亞聯絡)의 요지에 있는 조선 서울에도 구미 인사가 많이 올 것이외다. 그네들을 위하여선들 지금쯤부터 딴스홀을 허함이 옳지 않으리까.

더 쓸 말이 많으나 너무 지루하실 듯하여 이에 마칩니다. 어쨌든 하루 급히 서울에 딴스홀을 허락하시여, 우리가 동경 갔다가 「후로리다 홀」이나 「제도」, 「일미」홀 등에 가서 놀고 오는 것 같은 유쾌한 기분을 60만 서울 시민들로 하여 맛보게 하여주소서.

대일본 레코-드 회사 문예부장 이서구
끽다점 「비-너스」 마담 복혜숙
조선권번기생 오은희

한성권번기생 최옥진
종로권번기생 박금도
빠「멕시코」 여급 김은희
영화여우 오도실
동양극장여우 최선화.

〈서울에 딴스홀을 許하라〉, 삼천리, 1937

딴스 물음에 답하는 경성 사람들

1. 「딴스」하고 싶잖습니까.
2. 「딴스」하는 것이 좋습니까.
3. 나쁘다면 어떤 벌을 주리까.

이서구

1. 동경에 들어갈 적마다 은좌통 딴스홀에 가서 몇 번 추어 보았는데 좋기는 합데다. 하루 종일 울적하든 기분이 씻은 듯 닦은 듯 사라집데다. 더구나 우리같은 비주당은 이런 길이 그리워요.
2. 좋았길래 「딴스」를 여러 번 하였지요. 상쾌한 곡조에 맞추어 한 스텝, 두 스텝 밟고 나면 확실히 유쾌하여지니까요.

3. 그러나 듣건대 우탄총독의 방침이 「딴스」는 허락 아니할 터이라고 신문기자에게 언명한 일이 있다 한즉, 아마 그 총독이 있을 동안은 가망이 없을 걸요. 「딴스」당에게 벌주자면 쪽배에 태워서 남양 야자수까에 갔다가 던져버립시다. 그러면 실토록 게서 딴스하라고요.

복혜숙

1. 「딴쓰」하고 싶냐고요? 「딴쓰」하고 싶고말고요! 몹시 즐거울 때, 퍽도 우울 할 때, 어쩐지 세상이 쓸쓸할 때, 반가운 동무를 하도 오래간 만에 만났을 때 이런 때에는 꼭 하고 싶지요! 그렇지 않더라도 일주일에 한두 번 쯤은 하였으면 하는데요.

2. 서로 다정한 사이에 흥에 겨워 서로 끌어안고 춤추는 것이 무엇이 잘못이겠어요? 서울에도 인제는 「딴쓰」를 허해 주었으면 해요. 조용한 시외 경치 좋은데다 단 한군데만은 꼭 「딴쓰홀」이 필요하지요! 나는 동경에 건너가면 으레 「딴쓰홀」은 찾아 갑니다마는 그렇게 음란하고 나쁜 데라고는 생각되지 않아요. 도리어 퍽 깨끗하고 신사적인 맛이 나더군요.

3. 「딴쓰」하는 사람들에 벌은 왜 주어요? 내 생각에는 가당치 안은 소리지요. 이것도 일종 현대인의 오락인데, 어떠한 법으로 막는다면 되겠어요? 안되지요! 도로 더 재미없는 결과가 나타날 걸요! 그러나 아직은 시기가 이르다고 당국에서는 제제할 모양같은데 내 생각에는 차라리 그러지 말고 「딴쓰」하는 남녀들은 한데 묶어 「딴쓰」의 자유향인 대련에다 「대량이민」을 놓고 바닷가 임한 데다 그들의 종신 「딴쓰홀」이나 꾸며주면 어떨까요.

이석훈

1. 스포-츠로, 사교로, 또 오락으로 하고 싶을 때가 있습니다.

2. 딴쓰 하는 그 자체를 나쁘다고 생각할 이유는 발견할 수 없으나 그 「부산물」로 생기는 혹 종의 폐해를 전연 고려밖에 둘 수는 없겠지요.

3. 어떤 벌을 줘야 할런지 경찰이 할 일이니까 모르겠으나 사회적 견지에서 딴스를 일삼는 폐해는 경계해야 할 것입니다.

최승일

1. 나는 요사이 소위 모던 남녀들 가운데서 행용만이 유행되는 「딴쓰」에 대해서는 도무지 아무런 애착도 못 가져서요. 꿈에도 딴스를 하고 싶은 생각이라고는 통 없어요.

2. 김치 깍두기와 된장찌개를 먹는 우리의 처지에 고급박래품 「딴쓰」가 천부당만부당이지요. 무용 예술에 리해성을 가지는 나로서도 이 「쏘이앨 딴쓰」에는 구역질을 하고 십군요!

3. 경찰이 아무리 눈을 불근거리면 무슨 소용이 있어요! 홍수처럼 밀려드는 딴쓰열을 무슨 힘으로 막어요! 그러하니 아예 그런 「딴쓰당」에 일봉을 가할 생각을 말고 차라리 한강 하류에다 섬을 하나 만들어 놓고 그 섬 가운데 대판 「비전」 유곽식 모양으로 사방으로 성을 쌓아, 양쪽의 두 대문을 굳게 닫고 그 속에다 딴쓰 열광남여들을 모조리 잡아넣어 발가벗고 제 마음대로 밤낮을 가리지 않고 실컷들 놀도록 하는 것이 좋을걸요. 〈딴스, 딴스, 딴스〉, 삼천리, 1936

라디오, 스포츠, 키네마

아름다운 노랫소리도 밤새도록 들으면 장작 패는 소리 같다는 옛말이 있으나 근간 경성 시가를 밤이나 낮이나 휩쓸어 버리는 라듸오는 어느 때 들어도 똑같은 소리 똑같은 사람, 이것은 사막을 걸어가는 듯한 단조와 권태를 가져오는 것이다. 장구와 북 거문고와 가야금, 피아노와 바이올린, 야담과 만담, 어느 때 들어도 꼭 같은 그것, 처음에 신기하든 라듸오가 인제는 무심하게 되었다.

〈라디오〉, 개벽, 1934

라디오

좀 옛날이야기 같지만 영국 런던에서 맥도날드 수상이 노동연설을 할 때에 그 앞에 있는 마이크로폰은 그 목소리를 받아가지고 그것을 전파에 실리여 파장 1500메톨이나 1600메톨로써 보내 러시아 모스크바에서 수만의 민중이 들었다는 것은 벌써 이삼년 전 일이다. 그러나 조선서는 아직도 그 소식이 새롭다.

라디오. 현대 과학 문명의 극치. 잔의 전등 이와 같이 마이크로폰을 통하여 세상의 움직임을 듣는 수수께끼 같은 이야기. 「아이 배고프다.」 하는 말 한마디가 그 검의 잔등 이와 같은 마이크로폰 속에만 들어가면, 전문가의 설명을 들어 말하면 그 소리가 공간 속에 섞여 있는 전기에 섞여 가지고 일초 동안에 이 지구를 일곱 번 반이나 돈다는 지금 우리의 귀에는 세계의 움직임! 지구가 돌아가는 소리- 정치가의 「가라구리」. 상인의 허기! 부르주아의 배 불리는 소리! 노동자의 노호하는 아우성치는 소리가 들리 것만 들을 수 있건만 70원짜리 수화기가 없어서 못 듣고 있다.

타적 마당에다 바지랑 때를 세우고 전지를 갔다 놓고 나팔통을 갔다 대이면 JOAK가 나온다. 동경에서 기생이 소리하는 것이 들린다. 별안간 오늘은 쌀이 한 되에 56전 하든 것이 57전이 되었습니다, 하는 소리가 들린다. 낫을 든 민중은 귀신의 작란이라고 전한다. 과학의 신이다. 근대 문명에 새로운 신이다.

JODK, 「여기는 서울 체신국이올시다.」 뚝 끊어졌다가 김추월의 남도단가올시다- 『백구야 훨훨 날지마라...』가 들린다. 「엉…」 하고 입을 딱 벌린다.

ROS, 「세계의 노동자여! 우리는 당연하게 8시간만 노동합시다. 도회의 노동자여 우선 당신네들은 8시간 노동제를 하루바삐 갖도록 하시오. 지방의 농민이여! 당신네들은-자-지주는 삼할 소작인은 6할, 어떠하시오. 「따바리취 맑스」는 이렇게 말하였습니다.」, 「만국에 무산자여… 단결하라고요.」 노어, 영어가 섞여 나온다. 「건 개구리 우는 소리 같다.」 이것은 밭 두덩에 섰던 어떤 친구의 말이다. 그 대신 『놀자 젊어서 놀자.』를 부르면 런던서는 어느 가정에서 듣지 어린아이가 듣다가 자기 어머니의 게다. 수화기를 주면서 「홧?」 할 것이다. 그와 동시에 상해서 어느 늙은 청인은 듣다가 「찌지씀마?」 할 것이다. 또 동경서는 다다미방에서 오깨미 상이 듣다가 「이게 뭘까요.」 할 것이다.

미국에 어느 신문기자가 북빙양에 탐험을 갔다가 뉴욕 있는 자기 신문사에다가 라디오 단파장으로 탐험 보고를 하기에 성공 하였나는 것이 벌써 작년 봄의 소식이다. 사실상 라디오는 신문을 정복하고 있다. 그것은 재언도 소용없는 명확한 사실이다.

그러나 돈 없는 동무여! 당신네들은 팔구십 전을 내고 신문을 보듯이 그만한 돈을 내고 그 대신 라디오를 들을 수가 있을까요. 낮에는 신문이고 밤에는 유성기인 라디오를 들을 수가 있을까요? 그렇다. 생활과 라디오-우리에게는 우리의 생활과는 아직도 멀다. 어느 것이나 아니 그러리요마는 문명, 그것도 돈 있는 자의 소용 물이다. 문명은 쉼 없이 새것을 내여 놓는다. 그것은 부르주아에게 팔려 간다. 그리하여 못처럼 의식 있게나 왔든 것이 그 본의를 잃어버리게 된다. 그리하여 문명이 운다 문명이 운다. 서러워한다. 라디오가 운다. 우리와는 거리가 멀다.

대감님네 사랑에 라디오가 있어 박녹주의 가야금 병창이 나와 가지고 무릎에서 일어나는 장단에 쌓여 남초의 연기에 사라져 바리고 만다. 조선의 음률- 동경의 어느 부잣집 응접실까지 가지고서 다만 이국정조에 읊조리는 한 화제가 되고 만다. 그 어떤 말 하여서 우리의 생활과 접근한 소식을 못 듣게 될까? 조선의 라디오-문명-그것은 정복자의 전유물이다. 지금의 문명이 몰락되는 날은 곳 우리가 새 천지를 발견하는 날이다.

전기와 전기와의 싸움! 지금의 싸움은 과학의 싸움-전기의 싸움이다. 눈에 보이지도 아니하는 몇만 척 공간에서 보내는 전파를 오지 못하게 하는 싸움! 전기의 타국침입-공격 방어! 이것이 전기의 싸움이다. 있는 사람의 작란거리가 되고 말아 버린 문명의 산물! 참으로 우리는 과학에 대해서 면목이 없다.

그러나 나는 어느 무선잡지에서 러시아 어느 농가의 가정에서 지금 라디오를 듣는 판인데 여덟 시에 모스크바에서 스탈린의 농촌에 대한 연설이 있다고 하여서 그 집 주인 늙은 영감이 얼굴이 긴장이 되서 텁석부리의 수염 한아가 까딱이지 아니하고 수화기를 귀에다 대고 앉아 있는데 그 옆에는 그의 아들인 듯한 젊은 친구가 「아버지 나 좀 들읍시다.」 하면서 제 차례가 돌아오기를 기다리고 있는 그림-이 마음에 맞는 그림을 본 일이 있다. 레닌은 『미래에 나의 바라는 세계는 전기의 세계다.』고 하였다.

스포츠

야구 구경 한 번에 대매일원.

좀 생각할 문제이다. 물론 취미성과 경쟁성은 포함된 운동의 경기이지마는 사람의 몸을 강건케 한다는 운동조차 그 속까지 돈 주의의 「가라구리」가 들어 있다는 것은 좀 더 생각할 문제이다.

스포츠맨의 돈 있는 사람에게 노예화-운동 경기장이 도박판이 된 대서야 좀 거북한 일이다. 홈런 · 빨 · 볼 한 개에 몇만 원의 도박 금이 대통 매여 달리고 번연한 스트라이크 볼은 볼이라고 선언하는 한 마디에 몇천 원의 입 씻기는 돈이 양복 주머니 속으로 들어가게 되어서야 기관 속에 구역이 치밀어 오른다.

일본서는 야구 때문에 씨름이 세월을 잃게 되고, 따라서 배트 한 번만 보기 좋게 갈기게 되면 그는 곧 미희의 환희를 사게 된다. 곧 뒤를 이어 모던 걸의 동경하는 과녁이 되고 만다. 조선은 아직 가지고 이야기할 거리가 되지 못하지마는 우선 일본만 하여도 전에 밀리터리즘의 횡행 시대쯤은 양가의 처녀가 육군 소위 아무개 해군 중위 아무개 하던 것이 지금은 어느 대학팀의 핏취캐취를 임설 위에다

올려놓는다. 참으로 새것, 시대, 문화를 따라가는 사람의 심리란 측량키 어려운 것이다. 미국의 권투가 뗌부시가 일류 활동사진 여배우를 얻은 것이며 일본의 정구선수 원전이가 모 자작의 금양과 연담이 있게 된 것이 밝게 이 사실은 증명하고 있다. 운동 코치의 수입이 대학 강사의 월급보다 더 많으며 활동사진 배우의 수입이 대통령의 연봉보다도 더 많게 되는 것은 그 속에는 돈 주의의 「가라구리」가 잠재해 있기 때문이다.

보아라. 미국의 권투가 뗌부시와 따니의 세계적 선수권 쟁패전에는 작년까지 7년 동안 선수권을 보득하였든 뗌부시 군이 졌어도 그는 한 손에 86만 원이란 대금을 쥐이고 나서게 되었다. 그러나 한 가지 우스운 일이 있다. 그가 왜 이번에 졌는가 하니 그는 일등미인 여배우와 작년에 결혼하였기 때문이라고 한다. 가장 와일드한 성격과 기품을 가진 쾌남아를 동경하는 모던 걸은 기어코 그 모던 보이의 성격 기품을 영원히 품에다 지니고 살게 되었다.

양키 군과 카 군의 시합이 열리이면 철도선에서 한 밑천을 단단히 장만을 하고 그라운드에 떨어지는 돈이 하루에 수십만 원이다. 참으로 돈 있는 나라 사람들의 거룩한 작란이다.

우리네는 그라운드에서도 허덕 하는 것을 볼 수가 있다. 그 언제인가 경성 그라운드에서 미국의 어느 팀과 조선군이 어우러졌는데 기름진 고기 덩이와 팡과 닭 알을 먹으면서 두툼한 벽돌집 속에서 자라난 기운, 목소리 부드러운 그 개구리가 우는 듯한 목소리와 밤낮 우거지 국이나 껄끄러운 김치 깍두기만 먹고서 어설픈 기와집이나 얕은 초가집 속에서 자라난 기운과 목소리가 어우러지는 것을 나는 보았다. 돈의 승리, 참으로 빼근한 것이다. 운동경기의 영업주의화, 스포츠맨의 노예화 상품이다. 고기 덩이와 고기 덩이와의 부딪침의 상품화다. 이 현상에서만 볼 수가 있는 것이다.

많은 스포츠맨들은 쇠사슬에 걸려 자기의 주인, 배후에 있는 자본가를 위하여 명예의 우승기-은컵을 타다가 받친다. 그리하여 그것으로 인하여 자기들의 목숨은 존재하여 간다(혹 학교 팀들은 그래도 좀 성질이 다르지만). 운동시합 한번이 열리게 되면 신문의 반면은 그 기사로 채우게 되고 어디서든지 권내에서든지 관청에서든지 사회에서든지 카페에서까지도 화제가 되는 참으로 운동문화의 현실,

어떻게 되는 셈판인가. 무엇에 세계신기록을 지었느니 무엇에 세계선수권을 어떠느니 하는 기사가 날마다 이 현상에서 새 문화를 만들어 내고 있다.

그러나 우리가 누구나 자유로이 운동을 하게 될 수가 있고, 하루에 세 시간씩 어느 공공한 처소에 가서 가장 유쾌한 마음으로 마음대로 무슨 운동이나 할 수가 있게 되고 세계적 선수권 대회가 아니라 그보다 더한 것이라도 거저 아무나 구경하게 될 수가 있고 같이 즐기게 될 때가 올 것 같으면 그때 가서는 누구나 다 옛날의 야구 구경 한 번에 대매일원을 주고 구경한 일이 있다는 것이 꿈과 같이 생각이 되리라.

운동경기의 상품화, 스포츠맨의 노예화. 이것은 이 현상에서만 볼 수가 있는 것이다. 언제나 이 모든 것이 옛이야기가 될 때가 오려는고.

키네마

사실상 영화는 소설을 정복하였다.

왜 그런가하니 그것은 대체적으로 소설은 지식적, 사색적이고 영화는 시선 그것만으로도 능히 머리로 생각하는 사색 이상의 작용의 능력을 가진 까닭이다. 또한 경제상으로도 하룻밤에 3, 40전만 내어던지면 몇 개의 소설, 연출, 직접 사건의 움직임을 보는 까닭이며 또한 소위 바쁜 이 세상에서 짧은 시간을 가지고서 사건의 전적동작을 볼 수가 있는 것 이었다.

조선에서 우리의 힘으로(돈은 말고) 되는 영화가 있어 온지 횟수로는 삼년도 못 되는데 벌써 기 십 종은 넘었으리라. 스튜디오도 없이 만들어 내는 영화가 벌써 10개를 넘은지 오래이다. 날 흐린 날은 밝히지도 못하고 하늘만 쳐다 보고 있다가 해나 번쩍 나면 5전짜리 램프가 번쩍거린다. 5전짜리 램프가 사람의 몸뚱이에 가로 빗길 때 「자-훌륭한 예술이오.」, 「백입시다.」 하는 소리가 산모퉁이 집속 길가에서 일어난다. 이리하여 돈 천원이나 잡아먹은 조선의 영화가 단성사, 조선극장에서 봉절이 된다. 사람은 물밀듯이 들어온다.

그리하여 연극이 없는 불로 상한이 우리 사회에서 누구나 연극을 구경하는 세음으로 몰려들어 고개를 치켜들고 앉아있다. 백의가 영화 면에서 펄펄 날린다. 이 얼마나, 가슴이 저리고도 회포 깊은 정경이냐? 민듯한 아주 기운을 잃은 듯한 산모퉁이가 나오면서 여기저기 어린 솔이 자라나는 것이 보인다. 그러나 한심한 일이다. 우리는 그 배경 속에서 무엇을 보았느냐? 2, 3의 고대 소설을 각색하여 내인 것의 예는 「장한몽」, 「농중조」를 보았을 따름이었다.

그나마 감독이라는 이가 옷 한 벌을 못 얻어 입어 여름옷을 가을철에 입고 있으면서 배우들은 점심 한 끼 똑똑히 얻어먹어서 눈이 퀑 들어가는 것을 당하면서 백이여 낸 것이다. 참으로 생각하면 필름에서 주름에 울든 피, 눈물, 탄식이 줄줄 흐른다. 그러나 그나마 자기들이 마음대로 똑똑한 것 하나 백여보지 못하고 그 알뜰한 돈 천 원이나 내어놓는 대자본가의 비위를 맞추느라고 남이 다 구워 먹고 남은 찌꺼기를 건저다가 또다시 구워내어 「장한몽」, 「농중조」나 얻어 보는 꼴이라니 참으로 한심하기 짝이 없다.

또 보는 이들의 형편은 어떻고? 조선 팬들의 주머니가 넉넉하기는 꿈에도 없을 일이다. 한참 적에는 그나마 상설관서 네 개가 문을 닫을 지경이라 하는 수 없이 1금 10전 하니까 전에 못 보든 팬들이 우아하고 몰려든다. 내가 어렸을 적에 돈 10전을 내고 구경해 본 적이 있지마는 요즘 와서 상설관에서 10전 받는다는 것은 아마도 이 지구 위에 조선밖에는 없으리라. 그러나 어쨌든 잘한 일이다. 다른 것 모든 예술보다도 가장 민중과 가까운 의미를 가진 영화조차 일반 민중에게서 작고 멀어간다는 것이 좀 섭섭한 일이니까 10전 받을 때 몰려들어 온 새로 팬! 그들이 정말 영화의 팬인 것을 짐작해야만 될 것이다.

론차니 씨의 일주일 봉급만(1만 5천 원) 가지면 적어도 우리 땅에서 그것 가지고 영화 다섯은 만들 만한 이러한 하늘과 땅의 차이다. 어찌하여 요 모양일까?

그러나 여기에 한 개의 획시대적 산물이 있으니 그것은 아리랑-아리랑-이 그것이다. 공연히 학교에 다니다가 미쳤다는 주인공은 지금의 현실 속에 부대끼는 우리는 그가 왜 미쳤는가를 다시금 중언부설도 하기 싫다. 다 찌그러져 가는 초가집이 가판장인 듯한 바깥 기둥에는 청년회(青年會)라는 간판이 붙어있다. 두루마기 자락을 써늘한 바람에 나부끼면서 일하려 다니는 농촌의 인텔리겐치아인 박 선생. 서울 가서 공부하다가 귀향한 대학생이 양복에다 고깔을 쓰고 농민들과 같이 「풍년이 왔다네. 풍년이 왔다네.」를 부르고 춤추는 씬. 이것이 조선에서 조선에 모든 것을 배경으로 하고 우러난 영화이다. 청년회의 깃발이 날리면서

회원들의 행렬이 보인다. 얼마나 그리운 이 장면이냐? 화려하고 정묘한 장면이 없는 대신에 심장하고 비통한 오뇌의 못 견딤이 이 장면에 나타난다.
기교로 말하여도 영화의 역사를 수십 년이나 가진 일본 영화의 그것보다 못지않다. 나는 일본의 소위 신 영화라는 것을 남 못지않게 보았지마는 이른바 일본이면 일본의 참된 냄새나는 영화를 일찍이 본 적이 없다. 다만 광선이 없고 세트가 없기 때문에 거기에는 우리가 양보할 수밖에 없다.
나는 단 2년 동안의 조선 영화계에서 이러한 수확이 있는 것을 못내 기뻐한다. 여하간 이 「아리랑」이란 영화는 과거의 조선의 영화를 모조리 불살라 버리고 이 돈 없고는 살 수 없고 한숨만은 이 땅 위에서 슬피 대공을 울리어 그 무엇을 광호하는 한 개의 거상이다. 어쨌든 더욱 조선에 있어서 모든 것을 빨리 실어다가 우리들에게 보여 줄 것은 다만 영화 밖에는 없다. 5전짜리 램프야, 길이 활동하기를 바란다.
조선의 문화도 차차 영화 속으로 들어가게 된다. 너나 할 것 없이 영화 영화한다. 한 개다 한 개 아리랑 한 개다. 또 이후에는 우리에게 무엇을 보여주려고 하느냐? 조선의 영화계여.

현대의 문명은 아무리 하여도 라디오, 스포츠, 키네마이다. 언제나 이들의 문명도 우리와 거리가 가까워지려는가. 〈라듸오 · 스폿트 · 키네마〉, 별건곤, 1926

극장 만담

대체 무엇이 영화의 매력이냐. 한마디로 말하면 값이 싸고 화려하고 재미있는 오락은 영화를 제외하고는 달리 없는 까닭이다. 50전 혹은 3, 40전으로 세시간 동안 어여쁜 여배우의 교태와 소름끼치는 자극과 노래와 음악과 춤을 싫도록 맛보고 게다가 서양 원판 예술을 풍성하게 감상할 수 있으니까 예서 더 바랄 것이 없다.

〈영화가 白面相〉, 조광, 1937.12

극장 만담 1

수 년 전에 「리리안 깃슈」 주연인 『동도』라는 영화가 조선에 수입되자 각 극장은 먼저 봉절코자 암암리에 다투던 것이 결국 소송문제까지 일어났었고 몇 년 전에 『더글라스 해적』으로 인하여 중개업자의 손에 들어오기 전에 일본 동경까지 가서 경쟁하야 결국 『필름』 세금을 많이 지불한 곳에서 승리하고 만 것은 영화 『팬』 제군은 기억할 것이다. 이러한 영업상 투쟁으로 인하여 영화계는 가속도로 진전되는 현상에 있다고 말할 수 있다. 따라서 일반 팬의 영화에 대한 감상안도 여간 향상된 것이 아니어서 이제부터는 그렇게 문제의 초점이 되었던 동도나 더글라스 해적 같은 영화는 다시 팬들에게 아무런 자극을 주지 못하리라고 본다. 이러한 고로 종차로 일반 팬의 요구대로 수응하려면 극장 경영자의 두통일 것도 사실일 것이다.

물론 아주 풍속이라든지 정조가 다른 서양 영화나 조선 영화나, 우리들에게 감격을 주고 안주는 것은 동일 할 것이나 서양 영화에 나타나는 그들의 환경과 생활 방도가 다르기 때문에 우리들의 감정과는 유리된 탓으로 그러한 영화를 볼 때에는 객관적 관념으로 달아나는 것도 불가피의 사실일 것이다. 일반 팬들은 자기들의 생활을 반영한 영화를 욕구한다. 그것은 서양영화에 있어서 지금까지 그들의 심리가 피동적으로 좌우되었던 것을 자각하자 자기들 영혼의 양식될 만한 것을 찾은 것이다. 지금까지 본 그 영화중의 희노애락은 그들의 것이오. 우리들 팬의 희노애락은 아니었다. 그런 까닭에 부화한 미국 영화 같은 것은 이제는 일반 팬의 호기심을 끌기 어려울 것이다. 저번에 미국영화 『백장미』와 불국영화 『철도의 장미화』가 서울에서 상연되었지만 결국 후자가 일반 팬들의 환심을 샀으나 그것도 그 영화에 나타난 주인공의 비참한 최후에 일종 동정하는 심정밖에는 더 그 이상 감격은 없었을 것이다. 여기에 있어서 『아리랑』이 2차 상연을 하였으되 관객이 배전의 열광을 한 것도 그러한 이유가 된 것이다. 다만 애석한 것은 요정에 몇만 금씩 내 던지는 부호는 있어도 장래 유망한 사계에 투자하는 사람이 없어서 재주 있는 사람들이(배우들) 유리하여 다니는 참상을 보게 하는지. 정말 하자는 말은 안 하고 잔소리만 길게 썼다. 독자는 용서하라.

근일에는 극장을 가보면 관객의 변천을 볼 수 있다. 그것은 장내가 소란치 않은 것이다. 그리고 유년 관객이 적어진 것이니 그것은 입장료가 고가이고 예전과 다른 정도 높은 영화를 해득하기에 어려운 까닭이라 할지 가정에서 감독이 심한 까닭인지는 모르나 비판력이 모자라는 그들에게는 다행한 일이라 할 수 있다. 그리고 한 가지 특별히 변한 것은 희소하던 부인석에 남자석 이상으로 매일 만원인 것이다. 노부인, 여염집 부녀, 기생 그리고 여학생들인데 진기한 일은 그중에서 성에 갓 눈뜬 여학생이 반수 이상을 참례한 것이다. 그뿐 아니라 경악할 일은 『키스』하는 장면이다. 그 순간에는 반드시 질식할 듯한 외마디 소리가 부인석에서 의례히 돌발한다. 그런데 부인석 중에도 머리 틀어 얹은 젊은 여인들 모여 앉은 곳에서. 이 말은 거짓말인가 거짓말이 아닌 것은 극장 출입 잦은 이에게 물어보면 알 것이다. 어쨌든 세상은 변하였다.

극장 간판

이 간판도 수 년 전에 비하면 여간 발전된 것이 아니다. 그러나 늘 보면 그 간판에 그림은 그림으로 보아서는 덜 추하나 그 영화 중에 그 영화 전편을 통하여 제일 주요한 『씬』을 빼놓고 영화자체에 있어서도 제외하여 버려도 실패가 안 될 장면만을 그리는 때가 많은 것이 그 간판 더욱이 극장 간판의 임무가 어디 있는지 물어보고 싶다. 그러한 극장 간판 중 좀 미안한 말이지만은 우미관 간판이 좀 천한 느낌이 있다. 그 간판은 입장료를 5전씩 받던 옛날 그 시절과 현재와 별반 차도가 없는 것이 그 관을 위하여 좀 불안하다는 말이다.

극장 내부

근일에는 단성사의 영화막(스크린) 상하좌우에 장치가 예전보다는 색채라든지 구성이 좀 아담한 듯하다. 그리고 조선극장은 옛날과 그리 현격한 변화가 없지만은 그저 추하지 않다. 우미관도 그저 그러하다.

십분 휴식

십분 휴식에 음악을 연주하는 것은 관객의 피로한 뇌를 쉬게 하는데 퍽 유효할 것 같다. 그러나 그 때에 변사가 나아와서 잔소리하고 섰는 것이다. 한마디도 들어서 유리할 대 없는 자기의 회포를 천명이나 오백 명의 청감을 가진 관객에게 늘어놓아서야 미안치 않은가? 다음번에 갈릴 영화예

고를 한다는 목적이라 하더라도 무대 위에 예고간판을 세워놓고 『프로그램』지에 적어 놓고 또 무슨 필요가 있을까? 물어본다. 그리고 10분 휴식 간에 오케스트라도 있으려니와 무슨 다른 여흥이 있으면 좋겠다. 그것은 경영난인 지금의 극장에 주문하는 것은 무리이지만. 무도나 독창이나 독주나 있었으면 십분 휴식하는 의의가 있지 않을까 한다.

음악

어느 극장이나 오케스트라는 좀 변화가 지체되는 감이 있다. 영화 차환할 때마다 새 곡조로 갈렸으면 어떨지, 너무 들어서 도리어 감정을 괴롭게 한다. 그리고 좀 정도를 높였으면 어떨지 물어본다.

변사

변사 제군에 하나 제안한다. 다른 게 아니라 그 「하였다」 「하였었다」가 글 쓰는 데는 모르겠지만 말로 하는 때에 듣는 사람으로서는 어떨지? 처음 극장가는 노인은 대분개할 것이다. 그 조를 고치고 「하였습니다」, 「하였었습니다」 하면 어른에게나 어린이에게나 퍽 다정하게 들릴 것이다. 더구나 인정 극에 리오, 그리고 변사계에 한 가지 유행이 있으니 『마음자리』라는 말이다. 『마음자리』라는 말은 무슨 뜻일까? 마음의 돗자리라는 말인지, 마음이 깔고 자는 자리인지 어쨌든 해석할 수 없는 말이다. 그리고 한참 긴장한 장면에 가서 농담을 탁 터뜨리는 변사가 있다. 그 변사는 원래 희극에는 더 우는 것을 좋아하는 이인데 청승맞은 것은 좋으나 너무 그 음성이 청승맞아서 너무 천하게 들린다. 그리고 한 가지 우스운 일이 있으니, 어떤 변사는 한참 자기도취로 「자연의 의지와 우주의 이성이 아 슬프다!」 하니 그것이 무슨 의미일까. 그러한 고상한 문자를 안 써도 능히 할 수 있는데 얼토당토않은 문자를 쓰는 것이 도리어 자기 폭로에 지낸 지 않을 줄 안다. 그리고 장면이 벌써 지났는데 지난 장면을 가지고 떠들고 섰으니, 그것도 자기 취미지만 관자는 그러한 변사를 원치 않을 것이다. 특히 이 점에 생각 좀 하여 주었으면 고맙겠다.

전화

극장에 온 손님에게 전화가 올 때, 그것을 전달하는 사람이 소리를 버럭 질러서 그 사람의 이름을 부를 때 당자는

(더구나 여자) 퍽 불쾌할 것이다. 여기에는 완전치는 못하나마 조선 극장에서 하는 방식이 좋을 것이다 스크린 옆 기둥을 뚫고서 유리 등을 끼어놓고 그 유리에 부를 사람의 이름을 써 놓고 전등으로 신호하는 방식이다. 〈劇場漫談〉, 별건곤, 1927

극장 만담 2

지난달에 극장에 대한 것을 몇 마디 썼으나 그것은 대개가 표면에 드러나는 것과 또는 극장 자체에 있어서 개선치 않으면 안될 조건이 많았고 극장 대 관람자와의 관계와 또는 극장이 관객에게 주는 영향에 대하여만 적었다.

현금에 있어서 극장 경영자에게 물어볼 것은 무슨 필요로 극장을 경영하느냐 말이다. 또는 한 극장에 하루에 오륙백 명 이상의 다수 민중의 적지 않은 관람료와 생명의 한 토막인 아까운 시간을 그 암굴 속에서 무엇 때문에 허비하는 그 까닭을 아느냐 말이다.

여기에 그네들의 대답을 기다리기도 전에 오늘날까지의 현로 된 그네들의 방책을 볼 때에는 단순히 영리에 사리에 그치고 마는 것이다. 물론 극장 운전에 대하여는 영리를 떠나서도 안 되지만 너무도 사회적 공리를 떠난다는 말이다.

또는 인간은 언제든지 부절히 자기 자체를 보고 싶은 것이다. 그래서 거울을 발명하고 이에 더 나가서 자기의 생활 전체를 보고 싶은 즉, 그 반성으로 인하여 자기들로부터 극이라는 것을 구성하여 내보인 것이다. 다시 말하면 극은 생활의 반영이오, 생활의 기록이다. 그들은 그것을 대할 때에 참회, 경악, 증오 등을 지나간 자기 생활에 던지게 된다. 그뿐 아니라 거기에서 자기들이 걸어 나아갈 전술을 개척하려고 일어서게 된다.

더구나 이 신산한 영위기 중에서 방황치 않으면 아니 될 무리들이 그 무엇이던지 보다 더 큰 감격과 보다 더 침통한 자극을 요구하고 있지 않은가. 그러나 어느 곳에서든지 낭패한 그 무리들은 상자 속 가튼 좁다란 극장 속에서, 꿈지럭거리는 회색의 그림자를 바라보는 것만이라도 그들에게는 위안이며 나중에 환멸을 느낄 줄 알면서도 한 조각 한 조각 지나가는 「필름」 속의 「르릐크」의 세계에 미혹하게 된다.

내가 물어보는 것은 그러한 낭패한 무리들이 찾아드는 극장의 경영자가 거기에 대하여 생각해 본 적이 있으며 또는 민중이 찬택한 듯이 자과하는 소위 지사들도 여기에 등한하지 있느냐 말이다. 그러한 말은 이제 그만두고 내가 정작 말하려는 것을 열거하여 보자.

지난 번 어느 날, 조선극장에서 어느 유치원을 위하여 하루 동안을 기부 흥행을 하였다 한다. 다만 하룻밤이지만 그날 입장한 관객에게는 다소간 생각을 주었을 것 같다. 물론 경영난을 피할 수 없는 현금의 흥행계지만 조선인 전체의 생활이 파멸되는 때는 조선인 흥행계 먼저 파멸되리라고 생각된다면 여기에 깊은 사려가 있지 않으면 안 될 것 같다. 종차로부터 각 극장이 협의하여 가지고 일삭 간에 1차라던 지 2차라던지 「사회봉사 데이」로 정하는 것이 어떨까 한다.

모든 것이 구각을 버리고 자체로부터 신생물의 싹을 꽃는 이 봄에 근일에 각 극장에서는 이삼 년 전에 수입되었든 영화를 다시금 되풀이하고 있으니 여기에 극장경영자의 몰상식을 규시할 수 있다. 설령 이삼 년이나, 일이 년 전에 일반 팬에게 호감을 산 영화이여서 그것을 수십 차라도 되풀이하여도 매야 만원의 성황을 이룰 수 있다 치더라도 원래 수입되는 서양영화는 대개가 삼사 년 전, 혹은 오륙 년 전 심지어 십 년 전 제작된 영화가(기적적으로 일 년 이내에 수입되는 것도 간혹 있지만) 상장되는 것인 그 만큼 먼 과거에 제작된 영화인 터에도 그것을 재삼 상장한 대서 시대변천에 너무나 몰각하는 것이 아닌가 하는 말이다. 다시 말하면 영업 편으로 보아서는 유리한 방책이라 하더라도 일반 팬에게 무슨 이익이 있겠는가 말이다. 여기 있어서 될 수 있는 대로 새로운 경지를 향하야 움직이는 팬보다도 더 앞서 나아가지 않으며 어느 시기에든지 큰 실패를 맞이하리라.

근일에 영화 열이 팽창함에 따라서 팬의 수요도 배전으로 증가되어 어느 날이든지 극장은 대만원의 성황을 이루게 되었다. 그런데 여기서 한 가지 말할 것은 그러한 때에 좌석이 참도 불구하고 그저 공간만 있으면 관객에 눈에 스크린의 끄트머리도 보이지 않더라도 불구하고 그저 우리 간에 송아지 몰아넣듯이 막 쓸어 넌다 하면 너무 관객에게 불친절이 지나치지 않는가? 그뿐 아니라 젊은 색시들이 남자의 틈에서 비명을 질러도 그저 쓸어 넣어 한 푼이라도 더 모으려고 하여서야 될 수 있는가? 그러한 까닭에 종차로는 입장권에 좌석 순차표를 첨부하여서 누구든지 먼저 입장한 이를 제일 좋은 자리에 앉히고 그다음 순차대로 좌석을 정돈시킨 후 좌석만 차면 문을 닫아버리면 어떨까 하는 것을 참고로 말한다. 그래서 될 수 있는 대로 관객의 피로를 덜어 주었으면 좋을 줄 안다. 그리고 입장권 매팔구에는 써 부치지 않고 내용으로 특등석을 설치하여 놓고 돈을 더 받으니, 이것은 경찰과 무슨 약속이 있는가? 그렇지 않으면 경찰의 허가도 없이 비밀히 하는 일인가? 우리로서는 그 진의를 알 수가 없다. 그이들의 것 무슨 구실이 있다 할지라도 이상에 말한 방법으로 한다면 특등석도 없어질 것이오. 따라서 그 비밀을 알지 못하는 사람이 당하는 창피도 없어질 것이다. 이는 상층하층을 구별치 말라는 말은 아니다.

그리고 또 한 가지는 변사 대 관객(특히 남녀 학생과 소년)과의 관계를 말하려 한다. 변사들이 영화 대본(설명서)을 보지 않는지 영화의 내용과는 아주 다른 추담을 베푸는 변사가 많은데 항용 청소년 혹은 남녀학생들의 염서나, 담화에까지 그 추담병이 전염된 것이다. 여기에 대하여서 희극변사 최병룡 군(단성사)의 추담 없이도 점잖게 웃기는 그 비결을 좀 배웠으면 어떨지. 그리고 변사의 말이 나왔으니 말이지 그 영화에 역할된 인물의 성명(영어나 기타 외국어)을 어떤 나라 말이든지 발음의 만능인 조선말을 하는 사람이 그대로 못하느냐, 모르면 누구에게든지 물어볼 수 없을까. 예로 「자크」를 「짯구」라니 외국인의 웃음거리를 장만할 필요는 무엇 있는가. 일본 것이 아무리 좋다고 해도 나쁜 것은 배우지 않는 것이 좋을 듯하다.
그리고 또 한 가지는 일반 팬의 환심을 살려면 여러 사람의 성미를 맞추어야 하겠는 까닭에 프로그램에 주력하지 않으면 안 될 것 같다. 여기에 희극과 실사 같은 것을 늘 넣었으면 어떨지 물어본다.
이 외에도 많지만 남은 것은 또는 새로 생기는 결점과 미점은 두고두고 써볼 생각을 하고 이번에는 이만으로 붓을 놓겠다. 〈劇場漫談〉, 별건곤, 1927

[원문 자료]

〈마포〉, 조광, 1935.11
〈花園에 꽃이 핀다〉, 신천지, 1948.11-12
〈달을 쏘다〉, 조선일보, 1939.1, 학풍, 1949.7.8
〈모-던보이 寸感, 모-던껄·모-던보-이 大論評〉, 별건곤 제10호, 1927.12.20
〈내가 자랑하고 십흔 朝鮮 것-우리들의 文字〉, 별건곤 제12-13호, 1928.5.1
〈카페의 情調, 서울맛·서울情調〉, 별건곤 제23호, 1929.9.27
〈서점에 비친 도시의 일면상〉, 조선일보, 1930.11.14
〈낙랑다방기(樂浪茶房記)〉, 박문 3호, 1938.12
〈『풍년가』 보던 날 밤〉, 대동아, 1942. 5
〈서울 열흘〉, (확인 불가)
〈여름·都市[도시]·밤·ETC〉, 중앙, 1934.7
〈기생집 문 앞에서 맴돌이하던 이야기〉, 별건곤, 1931.2
〈上京後〉, 백민, 1946.1
〈一年만에 본 京城의 雜感〉, 개벽, 1924.7
〈大京城回想曲〉, 별건곤 제18호, 1929.1.1
〈산책의 가을〉, 신동아, 1934.10
〈첫 번째 방랑〉, 문학사상, 1976.7
〈茶房雜話〉, 개벽 신간 제3호, 1935.1.1
〈喫茶店評判記〉, 삼천리 제6권 제5호, 1934.5.1
〈「보헤미앙」의 哀愁의 港口, 一茶房 보헤미앙의 手記〉, 삼천리 제10권 제5호, 1938.5.1
〈南大門, 「南大門」이란 欄은 서울 商界의 裡面을 알녀드리기 위하야 特設한 것이의이다〉, 삼천리 제4권 제9호, 1932.9.1
〈朝鮮人으로 洋書보는 사람들, 丸善會社(書店)을 찻고〉, 삼천리 제7권 제9호, 1935.10.1
〈美貌의 書店 매담, 文士 盧春城 부인 李俊淑씨〉, 삼천리 제9권 제4호, 1937.5.1
〈半島 最大의 百貨店 出現, -東亞百貨店의 內容과 外觀-, 얼마나 한 자본으로 엇더한

인물들이 경영하는 것인가?〉, 삼천리 제4권 제1호, 1932.1.1
〈새로 落成된 五層樓 和信百貨店求景記〉, 삼천리 제7권 제9호, 1935.10.1
〈百貨店 犯罪는 엇더케 이러나나〉, 삼천리 제7권 제6호, 1935.7.1
〈結婚市場을 차저서, 百貨店의 美人市場〉, 삼천리 제6권 제5호, 1934.5.1
〈百貨店·連鎖店에 對抗策〉, 삼천리 제6권 제9호, 1934.9.1
〈딴스하여 보섯서요?〉, 삼천리 제8권 제6호, 1936.6.1.
〈서울에 딴스홀을 許하라〉, 삼천리 제9권 제1호, 1937.1.1
〈딴스, 딴스, 딴스〉, 삼천리 제8권 제4호, 1936.4.1
〈라디오〉, 개벽 신간 제2호, 1934.12.1
〈라듸오·스폿트·키네마〉, 별건곤 제2호, 1926.12.1
〈영화가 白面相〉, 조광, 1937.12
〈劇場漫談〉, 별건곤 제5호, 1927.3.1
〈劇場漫談〉, 별건곤 제6호, 1927.4.1

경성 방랑
근대 지식인들의 경성 탐닉기

초판1쇄 인쇄 2020년 12월 22일
초판1쇄 발행 2020년 12월 30일

엮은이 구선아
펴낸이 최병윤
펴낸곳 알비
출판등록 2013년 7월 24일 제315-2013-000042호
주소 서울시 서대문구 증가로30길 29-2, 1층
전화 02-334-4045
팩스 02-334-4046

종이 일문지업
인쇄 수이북스

ISBN 979-11-86173-98-5 03810
가격 13,800원